COLLECTION FOLIO

Pierre Michon

Vie du père Foucault

Vie de Georges Bandy

Gallimard

Ces textes sont extraits de *Vies minuscules* (Folio n° 2895).

Pierre Michon, né dans le Limousin en 1945, est le fils d'un couple d'instituteurs dont le père s'est très vite absenté. Il apprend à lire dans l'école où enseigne sa mère, dédicataire des *Vies minuscules*, puis est interne au lycée de Guéret. Il vit mai 68 à Clermont-Ferrand où il obtient une licence de lettres, ébauche une maîtrise sur Antonin Artaud, hésite entre Debord et Mao, est brièvement comédien dans un théâtre d'essai. Ce sont les années 70, la fin du rêve révolutionnaire et, pour Michon, l'impression de se retrouver dans un film des Marx Brothers. Balançant entre la volonté d'écrire et le désir de n'en rien faire, il traverse quelques années difficiles, de ville en ville où le conduit son errance : Annecy, Paris (éphémères études à l'Institut des Langues Orientales), Caen, Orléans. Il a souvent évoqué le sentiment de délivrance éprouvé à l'écriture tardive de *Vies minuscules* (1984) qui vint inverser le cours de sa vie. La renommée du livre est longtemps souterraine ; mais il rencontre avec *Vie de Joseph Roulin* et *Rimbaud le fils* une audience grandissante, suscitant un lectorat fervent : *Vies minuscules* fait désormais figure de livre culte. Il s'arrête à Nantes où il devient père en 1998. Il vit aujourd'hui à Saint-Étienne. Le prix Décembre, couronnant en 2002 *Abbés* et *Corps du roi*, consacre la reconnaissance publique d'un écrivain singulier.

Découvrez, lisez ou relisez les livres de Pierre Michon :

VIES MINUSCULES, Gallimard 1984 (Folio n° 2895)

VIE DE JOSEPH ROULIN, Verdier 1988

L'EMPEREUR D'OCCIDENT, Fata Morgana, 1989

MAÎTRES ET SERVITEURS, Verdier 1990

RIMBAUD LE FILS, Gallimard 1991 (Folio n° 2522)

LA GRANDE BEUNE, Verdier 1996

LE ROI DU BOIS, Verdier 1996

MYTHOLOGIES D'HIVER, Verdier 1997

TROIS AUTEURS, Verdier 1997

ABBÉS, Verdier 2002

CORPS DU ROI, Verdier 2002

Vie du père Foucault

C'était au début de l'été, dans les premières années soixante-dix, à Clermont-Ferrand. Mon bref séjour dans le monde du théâtre s'achevait ; la troupe s'était dispersée, les uns ayant passé ailleurs des engagements, les autres, comme moi, attendant d'on ne sait quelle saute de vent un bond de plain-pied dans leur destin. Marianne et moi étions demeurés seuls dans la grande maison que nous appelions « la Villa » et que naguère nous occupions tous, sur la colline, au bout du long jardin ; les cerises étaient passées ; l'ombre chaude et bronzée du grand cerisier baignait les fenêtres mansardées du premier, où nous vivions ; dans cette ombre ardente, je déshabillais longuement Marianne, la détaillais dans la fournaise, la jetais sur le plancher blond que cuisait la torpeur des jours ; au cœur de ces reflets conjugués, les passages trop roses de ses cuisses prenaient les teintes d'un de ces Renoir où, violemment exhibé dans l'éclat d'un soleil mais pris encore dans un demi-jour de meule, le modelé mauve des chairs surgit plus nu de s'ombrer d'or, de blé pourpre ; la véhémence de mes mains, l'exultation de ses bonds et l'excès de sa bouche, faisaient infiniment frémir cette chair et ces nuances, l'une et les autres lourdes : les cris de Marianne aux jupes soulevées, la sueur et la pénombre riche, sont ce que je conserve de cet été-là, avant l'événement que je vais raconter.

Marianne avait accepté je ne sais plus quel travail temporaire sous-payé, pour la durée de l'été ; aussi avions-nous quelque argent. Las peut-être de nos sueurs échangées, un soir nous sortîmes ; peut-être Marianne se souvient-elle de cette fin d'après-midi et des menues formes qu'y prit le temps, de mon visage changeant, d'ombre et de lumière successives, en franchissant le couvert des tilleuls de la grand-place, d'un mot que j'ai dit, de mon coup d'œil vers la haute présence du puy de Dôme, qui devient violette avec le crépuscule ; j'ai oublié tout cela ; mais je me souviens, et elle s'en souvient aussi assurément, que je tenais à la main un livre acheté le jour même, le *Gilles de Rais* d'un grand auteur, et elle se souvient de sa couverture d'un rouge profond, à l'éclat amorti, comme un livre d'étrennes. Nous dînâmes dans un restaurant de la rue des Minimes, qui se peuple le soir de présences fardées, de regards ombreux coulant de l'ombre des porches, de talons durs et sonores. Je bus beaucoup ; j'achevais l'opération à l'aide de nombreux verres de verveine du Velay, liqueur de moines qui est verte comme une fontaine de Chassériau, et d'effet sournois, enfiévré, poisseux. Je sortis ivre dans la nuit ; Marianne était inquiète, l'œil indifférent des prostituées nous poursuivit jusqu'au bout de la rue noire ; la lumière des avenues centrales m'exaspéra. Nous marchâmes de bar en bar, mon courroux grandissant avec l'empêchement de mon verbe, de plus en plus poisseux, noyé d'ombres, sonore. Je me vouais aux gémonies : ma langue ne pouvait plus même maîtriser les mots, comment pourrais-je jamais les écrire ? Allons, plutôt l'abêtissement simple, gin-fizz et bière, et la reprise des « chemins d'ici, chargé de mon vice » : s'il fallait mourir sans en avoir écrit, que ce fût dans la plus stupide exubérance, la caricature des niaises fonctions vitales, l'ivresse. Consternée, Marianne m'écoutait, son immense regard étreignant ma bouche.

À La Lune, les néons d'un rose de lingerie qui découpaient sur les visages des aplats brusques de masque mortuaire, les chaises ignobles et les cendriers débordants mirent un comble à ma fureur ; je fuyais ; j'étais, mouvante, cette chaise de formica et, vivant, ce cadavre, quand je poussai la porte de la Brasserie de Strasbourg ; je tenais toujours le *Gilles de Rais*. Dans le bar, passant avec des mines de jongleur d'une table où s'esclaffaient des coiffeuses à une autre, où des grisettes prenaient des poses d'ottomanes, un matamore était en scène ; l'homme était jeune, bien bâti, portant au bout d'un complet-veston un regard avantageux de trousseur de soubrettes ; sa fatuité était inoffensive. Ses saillies laborieuses de don Juan avili, la bonne grâce de son public femelle dont les fards et les gloussements immodérés m'enflammaient autant qu'ils m'irritaient, sa parole ostentatoirement finaude et trop peu déguisée sous une lourde rouerie pour qu'on n'en pût démasquer l'accablante nudité, tout cela infléchit le cours de mon emportement. Je souris ; ma rage exulta d'enfin se détourner de moi-même et d'aller, moins violente et comme apitoyée, se ficher en une autre cible : je pris la parole.

J'étais assis au fond de la salle, dans une demi-pénombre ; le bellâtre se produisait près du bar, en pleine lumière ; l'un et l'autre nous parlions, l'un après l'autre, à voix très haute et théâtrale, dans une complicité haineuse. Les dents serrées et feignant de ne pas m'entendre, il poursuivait bravement son numéro ; mais il le poursuivait sans filet et ne parlait plus que pour offrir la gorge à ma censure : pas une de ses fautes de langue en effet qu'exclamativement je ne corrigeasse, avec des rengorgements de pion ; pas une de ses phrases inachevées qui ne fût par moi bouclée dans un sens lourdement cynique ; pas un de ses sous-entendus dont je ne fisse entendre les tenants — son appétit pour la chair grasse des coiffeuses — et les aboutissants — la possession souhaitée de cette chair. J'étais ivre sans doute, et ma parole avait pris le tour approprié, pâteusement intempestif et qui se croit souverain ; cependant je frappais juste ; je savais d'autant mieux comment meurtrir le parleur et son désir, que ses sommaires appétits étaient miens aussi, et mien cet abus du langage détourné de lui-même et captivé par la chair comme par le soleil le tropisme des fleurs, abus qui est peut-être son usage même. L'homme n'est pas si varié. Comme moi, celui-ci eût voulu plaire par la grâce des mots et, inspiré par le rouge d'une bouche et le blanc d'une épaule qu'exaltaient les néons, écrivait une maladroite lettre d'amour, troussait le madrigal dont on émeut l'indifférente ; et il l'émouvait sans doute, ou allait l'émouvoir, si je n'avais troublé cette innocente fête, n'étais incongrûment entré en scène avec ma pointilleuse ivresse et mon livre chic, et n'avais donné une réplique pleine de ressentiment, de présomption, de fureur despote ; il avait trouvé en moi celui qui défait toute parole en feignant de la surplomber, qui réfute l'œuvre en portant captieusement sa bouche et son esprit au-dessus de la bouche et de l'esprit qui peinent à l'œuvre : je veux dire le lecteur difficile.

Et, comme il arrive, c'était à ce lecteur-ci qu'il se donnait désormais, en pure perte ; pour cette ombre haïssable, il lâchait ses jolies proies ; il était comme un roi de tragédie antique qui, par une erreur de livret, eût entendu le coryphée conter sur quelles cendres odieuses, sur quel trône d'argile était bâtie sa royauté précaire — et ses sujettes entendaient aussi l'inopportune voix off. Les filles, certes, qui me jetaient des regards courroucés et méprisants, semblaient toujours ses complices : mais elles n'étaient plus sa cour, il avait déchu, il fallait qu'elles le défendissent, le charme sultanesque était rompu. Je ne saurais qu'après l'ivresse que les dieux ne m'avaient point donné un aussi prestigieux rôle : un coryphée qui entre en scène et prend à partie le roi, désigne la fragilité de la couronne pour mieux l'asseoir sur sa propre tête et feint l'omniscience pour usurper la place de l'usurpateur, celui-là cesse d'être un coryphée pour devenir un rival, et de la plus commune espèce. Mais l'ivresse me donnait beau rôle ; je nageais dans un bonheur acide.

Ce bonheur dura peu ; je continuai à boire et ce qui me restait d'esprit devait à peine suffire à planter quelques banderilles. D'ailleurs, l'homme disparut dans la lourde nuit d'été : je ne le vis pas sortir, mais seulement la bouffée de noir dense dans la porte battante. Je demeurai stupide ; les filles bientôt se jetèrent à leur tour dans la nuit. L'une d'elles, à longs cheveux d'un beau brun et parures de strass, avait à la bouche un reste d'enfance sous l'épaisse vulgarité du fard ; elle revint sur ses pas pour reprendre un sac ou un gant oublié : ses gestes brusques disaient sa basse extrace, et son assurance tapageuse ses efforts et son échec à en sortir ; elle avait pu être élevée entre un puits et des noisetiers, comme on en voit aux Cards, et quelqu'un de la campagne, en cet instant, pensait à elle ; elle évita mon regard. Elle n'était point si méprisable sans doute : cette chair avait des souvenirs, elle pleurerait des morts, verrait battus en brèche ses désirs ; elle ne m'appartiendrait jamais. Mon ivresse se bonifia, je m'abîmai avec délice dans la complaisance.

Eux sortis, sans doute restâmes-nous longtemps encore dans cette brasserie, Marianne lasse à mourir et moi sentimental. Mon ébriété de tout à l'heure n'était plus que pesante cuite, de celles qui aplanissent toute caractéristique individuelle au profit d'une métaphysique sombre commune à tous les hommes, et que j'avais vue transformer en maugréeuses toupies les ouvriers agricoles, à Mourioux, le dimanche soir. J'avais oublié l'incident ; ou plutôt je n'en conservais, tendue au fond de mon hébétude, qu'une toile de remords et d'infamie, décor d'ergastule ou Gueule d'Enfer en carton-pâte sur le carton peint de la nuit. Marianne avait le défaut de m'écouter trop ; et sans doute pour elle, témoin et juge qui d'avance m'acquittait, m'empêtrai-je dans une palinodie compliquée, indulgente et matoise, en protestant de mon innocence ; je voulais qu'elle me la confirmât : je n'avais pas assailli cet homme ; n'avais-je pas, de lui comme de moi-même, infiniment pitié ? Cette seule pitié n'avait-elle pas inspiré mes fielleuses reparties ? N'étions-nous pas au même titre de malheureux usagers des mots, par nous trop peu savamment maniés pour qu'ils devinssent à notre usage l'arme souveraine qui toujours atteint son but, pour lui la débâcle d'une chair et pour moi le bouclage d'un livre ? Lui échappait la chair blanche, les feuillets toujours blancs de mon livre hélas inabordable ne m'échappaient pas moins ; ni lui ni moi ne couvririons l'une et les autres de nuit, jouissance rauque ou mots écrits : nous ne connaissions pas les mots de passe.

La mémoire ne peut fidèlement restituer les épais caprices de l'ivresse, et se lasse à s'y efforcer. J'abrège. Je ne sais quelle saute d'humeur me fit chercher querelle au barman qui me chassa, avec rudesse mais sans colère. Nous marchâmes, peut-être vers un autre bar ; j'étais en sueur, inapaisé sous le ciel de poix. À quelque cent mètres de là, l'homme m'attendait. Sans acrimonie apparente, le visage de marbre, il m'enjoignit d'une voix sourde de « m'expliquer » ; j'en étais bien d'accord ; je lui désignai narquoisement le plus proche café, où nous parlerions plus à l'aise : le Commandeur voulait-il boire un verre à mes frais ? Un poing de pierre m'atteignit au visage. Je ne fis pas un geste ; au reste, l'alcool me rendait insensible. Mais je parlai : je ne sais quels mots il entendit, que coup sur coup il m'enfonçait dans la bouche ; ses poings m'étaient un baume, mes mots et mon rire, croyais-je, lui étaient un gril ; j'exultais : l'esclave s'avouait, donnait une représentation muette de l'impuissance de son verbe ; pour m'asservir, il devait faire entrer en scène l'opacité du corps ; il avouait sa sujétion comme un jacques assomme son roi. Je tombai à terre ; le sang gicla à travers les mots ; il frappa du pied mon visage tordu de douleur et de rire, à coups redoublés : je suppose qu'il m'aurait tué, et que je voulais qu'il me tue pour consacrer notre commune victoire, notre commune défaite. Avant de m'évanouir, je vis le visage atterré, le visage de douleur de Marianne, tassée contre le mur dans sa petite robe de toile mauve que j'aimais tant : je n'étais pas davantage un roi que mon agresseur n'était un porc, nous pâtissions de conserve sous un regard de souffrance ; nous avions peur.

Il ne me tua pas. Mais il frappait toujours du

talon mon visage insensible et enfin muet, quand passa une ronde de police providentielle (mon corps a toujours eu de la chance, et ma survie, si ma vie est aussi malchanceuse que ce que j'en écris). Je revins à moi sur la terrasse, déserte à cette heure et livide, du bar proche ; j'étreignais Marianne ; la lumière plongeante noyait d'ombre le visage des agents, sous la visière aiguë des képis ; les gourmettes et les galons scintillaient, les faces d'ombre m'offraient des traits indéchiffrables. Un barman, diablotin noir et blanc, me faisait boire du cognac ; un peu de mon sang tachait sa serviette ; les réverbères de la place tendaient vers les étoiles de hautes brassées de feuilles de tilleul, dorées et vertes comme l'herbe et le pain, d'une grande douceur. J'étais en paix, je ne comprenais rien et m'en souciais peu, j'aspirais au sommeil ; je jouissais de l'usufruit de ma mort. On m'offrit de porter plainte ; je déclinai sans aigreur : je n'étais pas gravement touché sans doute, l'engourdissement de mon visage ajouté à l'ivresse me faisait un masque d'extase ; au reste, j'alléguai que je connaissais l'homme, qu'il était en quelque façon mon ami. Les gendarmes n'insistèrent pas. Un taxi nous emporta vers la Villa.

M'éveillant, je vis Marianne penchée sur moi ; elle pleurait ; elle avait l'air, incrédule et horrifié au-delà de ce qui s'exprime, d'un supplicié regardant son propre corps roué, après le passage de la massue. Le jour me fut odieux, j'avais épouvantablement mal à la tête. Un éclair de terreur me glaça : qui avais-je tué ? Pétrifié, je demeurais immobile, Marianne berçant sa douleur au-dessus de moi. Je me souvins enfin du pugilat de la veille ; soulagé, je bougeai, me levai en chancelant, atteignis un miroir. Un caprice impur m'y regardait, une demi-face de crétin : le côté gauche du visage était une outre, pansue et violâtre, où courait abjectement la fente distendue, purulente, de la paupière. La joue et l'œil droits étaient intacts, comme si tout le mal — « mes péchés » — avait afflué du côté sinistre avec une volonté délirante d'incarner l'aveu, dans un bouffissement de diable à un linteau roman. Et romane aussi était cette pieuse blessure, manichéenne, grossièrement symbolique, d'une risible logique : j'avais volé à un homme ses paroles, les lui avais renvoyées dénaturées ; il avait en retour dénaturé mon corps, et nous étions quittes. Mon visage en portait la quittance.

Je me jetais sur mon lit, demandant pardon à Marianne, caressant avec des tremblements ce cher visage que nos deux souffrances me rendaient plus cher. J'avais vomi sur l'oreiller où je me recouchai ; qu'importait : elle me parlait comme à un enfant, me donnait une paix qui n'est pas de cette terre (comment ferais-je comprendre que ses gestes étaient maladroits tant ils étaient tendres ?) ; tout, dans sa bouche et ses mains, devenait roses, comme il arrive aux pietà italiennes et aux marlous de Jean Genet. Je fus hospitalisé dans l'après-midi ; j'avais l'orbite et le malaire fracturés. L'œil, miraculeusement intact, pouvait être sauvé.

Il me manquait quelque chose. Petit Poucet imbu et lettré, j'avais en chemin semé le *Gilles de Rais*.

Une hébétude bienheureuse recouvrit les premiers jours d'hôpital. Dans le demi-coma, mon enivrement semblait ne point devoir finir ; je vivais la plus longue des gueules de bois, et il convenait qu'il en fût ainsi. On m'opéra ; sans doute avais-je été trop peu anesthésié, car j'eus conscience du jeu des trépans sur l'os de ma joue ; mais cela sans douleur, comme au cœur d'un léger rêve où j'eusse assisté à ma propre autopsie, bénigne et réversible, pour mon édification ; on m'ouvrait comme un livre et comme tel je me lisais, à haute et confuse voix, pour le plus grand plaisir des carabins dont j'entendais les rires. J'étais dans le Bardo, sous la dent et la griffe des déesses brouteuses de crânes ; et, comme au « fils noble » du Bardo, des voix bienveillantes me chuchotaient que tout cela était illusion, qu'au-dehors l'impalpable été avait plus de consistance que mon corps, mon corps que seuls rendaient moins illusoire l'ivresse, le multiple corps des livres, la chair eucharistique de Marianne.

On me mit dans une salle commune, ouverte sur une cour intérieure où fleurissaient des tilleuls encore, comme sur la place où j'avais été rossé ; le jour d'or s'y décuplait dans un filtre d'or. Ces arbres savoureux sont aimés des abeilles ; et leur puissant murmure qui s'amplifiait dans le soir semblait la voix même de l'arbre, son aura de massive gloire : ainsi devaient vrombir les anges devant Ézéchiel prosterné. La morgue ouvrait aussi sur cette cour : parfois sous un drap une forme couchée passait, dont les brancardiers plaisantaient par la fenêtre ouverte avec les malades ; je n'étais pas sous ce drap, mes yeux voyaient l'été, j'avais loisir de parler des morts. Je conserve de ces jours un souvenir d'enchantement profond. Je lisais le *Gilles de Rais*, dont Marianne avait retrouvé la trace — le même barman qui m'avait mis à la porte l'avait aimablement conservé à mon intention. Je pensais à l'été vendéen qui calcinait à cette heure les ruines de Tiffauges, aux hautes herbes pareilles à celles qu'avait foulées l'Ogre, jadis, aux rivières d'argent bordées d'arbres tendres sous lesquels il avait pleuré, de repentir et d'horreur. Rien, pour lire cette histoire, ne me convenait mieux que la proximité des chairs souffrantes dans les draps pâles, sous le rire vainqueur de juillet : la bêtise conquérante des infirmières me faisait absoudre Gilles ; la patience angélique de certains moribonds me le faisait maudire. En Marianne penchée vers moi pleuraient tous les enfants égorgés, et les enfants survivants jubilaient dans son rire ; en moi des ogres vagues, velléitaires, expiaient d'insuffisants festins.

Marianne venait chaque après-midi. Elle tournait le dos à la salle et s'asseyait tout près de mon lit, de sorte que sous sa jupe légère ma main la pût longuement émouvoir, à l'insu du voisinage, et que mon regard tînt ses jambes ouvertes et ses cils baissés : à peu de chose près, c'était ma lecture qui se poursuivait dans ce plaisir différé. Tout n'était pas que fièvre pourtant ; nous parlions gaiement aussi et devions faire figure d'insouciants tourtereaux, dont les ébats distrayaient ou agaçaient mes compagnons de hasard, tous d'un plus grand âge. Un jour, l'un d'eux s'étant approché de mon lit dit à Marianne quelques mots que nous ne comprîmes pas, d'une voix gauche et précipitée d'homme timide, qu'une affection de la gorge assourdissait encore ; il répéta, encouragé par la bienveillance de Marianne. Nous entendîmes enfin : il avait besoin d'entrer en contact avec son patron ; il ne savait user du téléphone : Marianne voulait-elle l'y aider, et prendre elle-même la communication ?

Je les regardai s'éloigner, la jeune habilleuse emportant sous son aile le vieux transi. Celui-ci m'avait attiré dès le premier jour, sans que j'osasse lui adresser la parole : sa douce taciturnité m'intimidait. Aussi bien, il était le seul que son désir de n'être pas remarqué rendît remarquable. Il ne participait pas aux vagues conversations de la chambrée ; interrogé en personne cependant, il répondait bien volontiers, avec un empressement et un laconisme égaux, qui désarmaient. Il ne riait guère des plaisanteries ; il ne les dédaignait pas non plus : simplement il s'en tenait à l'écart, sans affectation, comme s'il n'y allait pas de sa volonté et que quelque chose d'inconnu, de plus fort ou plus ancien que lui, l'écartait du commun.

Quittant mon livre, c'était à lui qu'allait mon regard ; à lui encore quand il arrivait que j'eusse suivi des yeux la silhouette, tapageuse et désirable d'une infirmière. Il occupait le lit proche de la fenêtre ; captivé par le jour ou par les souvenirs qui pour lui seul se mouvaient dans le jour, il restait assis des heures entières face à la lumière. Pour lui peut-être vrombissaient les anges, et il tendait l'oreille à leur musique ; mais sa bouche n'en commentait pas les paroles d'or et de miel, sa main n'en transcrivait nul verbe d'éblouissante nuit. Les tilleuls traçaient des ombres cursives, frémissantes, sur sa tête chauve et toujours étonnée ; il contemplait ses mains épaisses, le ciel, ses mains encore, la nuit enfin ; il se couchait abasourdi. L'homme assis de Van Gogh n'est pas plus massivement endolori ; mais il est plus complaisant, pathétique, assurément moins discret.

(Van Gogh ? Certains lettrés de Rembrandt, pareillement enfenestrés, rivés à leur siège d'ombre mais la face baignée des larmes du jour, et mêmement stupéfaits de leur propre impouvoir, lui ressemblent davantage ; mais ce sont des lettrés ; le vieux, autant qu'on en pût juger sur son pantalon de velours et sa veste de droguet, la pesanteur de ses mimiques aussi, était du petit peuple.)

Il s'appelait Foucault, et les infirmières, avec l'indiscrète familiarité, condescendante et — qui sait ? — charitable, qu'elles mettent à leur commerce, l'appelaient « le père Foucault ». Affublé de ce nom de philosophe en vogue et de missionnaire illustre, « père » lui aussi, le vieil homme n'en paraissait que plus obscur, et prêtait à sourire. Je n'ai jamais connu son prénom. De ces mêmes infirmières (j'étais dans leurs bontés ; elles me parlaient sans défiance : c'est que j'usais sans doute du même bavardage chatoyant, aguicheur et vide, que les puissants qu'elles servent sans vergogne ; elles ne soupçonnaient pas que ce parler se peut mettre au service du refus de ce qu'elles idolâtrent, de la coupable absence, de la disparition dans une incurie rageuse ; d'ailleurs, je n'avais pas à être si duplice ; moi aussi, peut-être, je les aimais bien : leur chair et leurs fragilités me plaisaient, si leur conformisme acerbe m'exaspérait ; et elles eussent été bonnes filles, hors de cette position d'argousins qui les courbait d'autant plus, serviles, vers les doctes en blouses blanches, qu'elles étaient vipérines, protectrices et railleuses envers les plus humbles des malades), de ces filles donc, j'appris que le père Foucault avait un cancer à la gorge. Le mal n'était point encore fatal ; mais inexplicablement, le malade refusait qu'on le conduisît à Villejuif, où on l'eût pu sauver : s'obstinant à demeurer dans cet hôpital de province, où l'appareillage technique était insuffisant, il signait son arrêt de mort. En dépit de toute admonestation, il entendait demeurer là, assis, tournant le dos à sa mort qui s'amassait dans les coins d'ombre, face aux grands arbres clairs.

Ce refus avait de quoi intriguer ; il fallait que la résistance du vieillard fût forte d'une bien grande volonté, et de bien puissants motifs : on ne dérobe pas sans opiniâtreté son corps aux impératifs médicaux, dont les pressions sont multiples et insidieuses, assurées de vaincre. Mais je pensais à des raisons banales, volonté de ne pas s'éloigner des siens ou enracinement, obtus et sentimental, de paysan, qui sont monnaie courante dans les hôpitaux. Il sembla bientôt pourtant qu'il y avait autre chose ; Marianne, à la faveur de cette conversation téléphonique, bientôt suivie de plusieurs autres où de la même façon elle servit de truchement au père Foucault, avait glané de petites choses : l'homme n'avait pas apparemment de fortes attaches familiales, quoique son patron, un jeune minotier de la campagne voisine, parût l'aimer beaucoup ; celui-ci semblait anxieux surtout de rassurer le vieillard sur un point en apparence insignifiant : « il avait bien rempli les papiers », et insistait, s'il fallait compléter d'autres formulaires, pour qu'on le lui fît savoir, en sorte qu'il pût en temps utile venir à Clermont. Puis, le service rendu ayant établi entre nous un début de familiarité (mais de sa part aussi hésitante et parcimonieuse qu'empressée, de la mienne, intimidée), j'appris de la bouche même du vieux que s'il avait pris femme du temps où on l'appelait encore sans doute « le petit Foucault », il en avait très jeune été veuf, et n'avait pas d'enfant. Il n'avait pas davantage d'attaches avec un terroir imaginaire : né en Lorraine, puis garçon meunier quelque part dans le Midi, il avait fini par échouer là, à la faveur peut-être d'une de ces bougeottes où des ouï-dire prometteurs et invérifiables jettent le menu peuple, d'un cousinage entre patrons, d'un hasard domestique.

Pourquoi dès lors, si le dépaysement lui était indifférent, refusait-il qu'on le soignât dans les règles ? Il restait à sa place, petite silhouette en retrait comme anticipant sur sa disparition, et qui eût été dérisoire si ne l'avaient accrue son agaçant secret, la noble absurdité de sa résolution, la fatalité de l'échéance — c'était l'étrange ouverture de sa mort, peuplée ou non d'anges, qu'il contemplait, et les objets de son regard étonné en étaient comme frappés d'étonnement : la cour profuse avec ses vibrants tilleuls, où s'ouvrait la morgue aux émails nets comme un lavabo incongru dans une salle d'apparat, en devenait un paysage exemplaire dans lequel à mon tour je m'abîmais. Il n'était pas jusqu'à ma lecture qui ne se peuplât de pères Foucault, chapeaux bas et regards insondables, haillons de peu de poids rejetés sur le bord d'un chemin creux par le « gare, manant ! » d'un cavalier plein de morgue et de tristesse, au galop vers Tiffauges, un enfant terrifié en travers de sa selle ; et parmi ceux-là l'un d'eux, en apparence le plus résigné, restait au milieu du chemin, son chapeau dans ses mains humbles, regardait le cavalier fondant sur lui, jurant, et se couchait à jamais dans les herbes, un fer à cheval saignant à la tempe. Il était de même en travers du chemin des docteurs, et envers eux non moins déférent que ne l'avaient été ses ancêtres au passage du ténébreux éventreur vendéen ; à ces autres vivisecteurs, mais eux sans plaisir ni remords, bûcher probable ni espoir de rachat, il opposait son humble et souriante protestation ; modestement mais intraitablement, il dédaignait qu'on le conduisît là où « son bien » exigeait qu'il allât : ce « bien », il était lui-même trop infime pour en avoir la clef que d'autres possédaient, et dont ils lui démontraient que l'usage avait toutes les apparences d'un devoir ; il n'en démordait pas pourtant, se dérobait à ce devoir, s'abandonnait corps et biens à ce péché capital, mépris du corps et de ses biens, qui est pire qu'hérésie au regard du dogme médical. Il voulait n'avoir de comptes à rendre qu'à la mort, et repoussait doucement les avances de son clergé.

Aussi les clercs le tracassaient-ils journellement. Un matin je fus arraché à ma lecture par l'entrée, théâtrale comme celle de capitaines d'une ronde de nuit avec tous leurs troupiers, d'une délégation plus importante que de coutume, qui se rendit tout droit au lit du père Foucault : un médecin à profil aigu, magistral et digne comme un grand inquisiteur, un autre plus jeune et athlétique mais mou sous sa barbiche, une poignée d'internes, une nuée pépiante d'infirmières ; on envoyait le ban et l'arrière-ban pour convertir le vieux relaps ; on passait à la question extraordinaire. Le père Foucault était assis à sa place favorite ; il s'était levé, on l'avait fait rasseoir ; et le soleil, qui laissait dans la pénombre les têtes bavardes des médecins restés debout, inondait son crâne dur et sa bouche close, obstinément : on eût dit que les docteurs de la *Leçon d'anatomie* avaient changé de toile, s'étaient massés dans l'ombre derrière l'*Alchimiste* à sa fenêtre, et emplissaient l'espace habituel de son recueillement de leurs puissantes présences empesées de blanc, du brouhaha de leur savoir ; lui, intimidé de ce peu habituel intérêt qu'on lui portait et honteux de n'y point pouvoir répondre, n'osait trop les regarder et, à brefs coups d'œil inquiets, prenait comme conseil encore des tilleuls, de l'ombre chaude, de la petite porte fraîche, dont la présence si familière le rassérénait. Ainsi peut-être saint Antoine regardait-il son crucifix et la cruche de sa cabane ; car sans doute ils étaient bien près de l'émouvoir, sinon de le convaincre, ces tentateurs qui lui parlaient d'hôpitaux parisiens splendides comme des palais, de guérison, des êtres raisonnables et de ceux qui, par pure ignorance, ne le sont pas ; d'ailleurs, le médecin-chef était sincère, il avait bon cœur sous sa suffisance professionnelle et son masque de condottiere, le vieil entêté lui était sympathique. Plus qu'aux arguments de raison, j'aimerais croire que c'est à cette sympathie que le père Foucault se sentit un devoir de répondre, car il répondit ; et, pour courte qu'elle fût, sa réponse fut plus éclairante et définitive qu'un long discours ; il leva les yeux sur son tourmenteur, sembla osciller sous le poids de son étonnement toujours recommencé et augmenté du faix de ce qu'il allait dire, et, avec le même mouvement de toutes les épaules qu'il avait peut-être pour se décharger d'un sac de farine, il dit d'un ton navré mais d'une voix si étrangement claire que toute la salle l'entendit : « Je suis illettré. »

Je me laissai aller sur mon oreiller ; une joie et une peine capiteuses me transportèrent ; un sentiment infiniment fraternel m'envahit : dans cet univers de savants et de discoureurs, quelqu'un, comme moi peut-être, pensait quant à lui ne rien savoir, et voulait en mourir. La salle d'hôpital résonna de chants grégoriens.

Les docteurs se débandèrent comme un vol de moineaux entrés par erreur ou bêtise sous les voûtes, et qu'eût dispersés la monodie ; petit chantre du bas-côté, je n'osais lever les yeux sur le maître de chapelle inflexible, méconnaissant et méconnu, dont l'ignorance des neumes faisait le chant plus pur. Les tilleuls bourdonnaient ; à l'ombre de leurs colonnes étoffées, entre deux brancardiers hilares, un macchabée sous son dais roulait vers le maître-autel de la morgue.

Le père Foucault n'irait pas à Paris. Cette ville de province déjà, et son village même sans doute, lui paraissaient peuplés d'érudits, fins connaisseurs de l'âme humaine et usagers de sa monnaie courante, qui s'écrit ; instituteurs, démarcheurs de commerce, médecins, paysans même, tous savaient, signaient et décidaient, à des degrés de forfanterie divers ; et il ne doutait pas de ce savoir, que les autres possédaient de si flagrante façon. Qui sait : ils connaissent peut-être la date de leur mort, ceux qui savent écrire le mot « mort » ? Lui seul n'y entendait rien, ne décidait guère ; il ne s'accommodait pas de cette incompétence vaguement monstrueuse, et non sans raison peut-être : la vie et ses glossateurs autorisés lui avaient assurément fait bien voir qu'être illettré, aujourd'hui, c'est en quelque façon une monstruosité, dont monstrueux est l'aveu. Que serait-ce à Paris, où il lui faudrait chaque jour réitérer cet aveu, sans à ses côtés un jeune patron complaisant pour remplir les fameux, les redoutables « papiers » ? Quelles nouvelles hontes lui faudrait-il boire, ignare sans un pareil, et vieux, et malade, dans cette ville où les murs mêmes étaient lettrés, historiques les ponts et incompréhensibles l'achalandage et l'enseigne des boutiques, cette capitale où les hôpitaux étaient des parlements, les médecins de plus savants aux yeux des savants d'ici, la moindre infirmière Marie Curie ? Que serait-il entre leurs mains, lui qui ne savait pas lire le journal ?

Il resterait ici, et en mourrait ; là-bas, peut-être l'eût-on guéri, mais au prix de sa honte ; surtout, il n'eût pas expié, magistralement payé de sa mort le crime de ne pas savoir. Cette vision des choses n'était pas si naïve ; elle m'éclairait. Moi aussi, j'avais hypostasié le savoir et la lettre en catégories mythologiques, dont j'étais exclu : j'étais l'analphabète esseulé au pied d'un Olympe où tous les autres, Grands Auteurs et Lecteurs difficiles, lisaient et forgeaient en se jouant d'inégalables pages ; et la langue divine était interdite à mon sabir.

On me disait aussi qu'à Paris m'attendait peut-être une manière de guérison ; mais je savais, hélas, que si j'y allais proposer mes immodestes et parcimonieux écrits, on en démasquerait aussitôt l'esbroufe, on verrait bien que j'étais, en quelque façon, « illettré » ; les éditeurs me seraient ce qu'auraient été au père Foucault les implacables dactylos lui désignant d'un doigt de marbre les blancs vertigineux d'un formulaire : gardiens des portes, Anubis omniscients aux dents longues, éditeurs et dactylos nous eussent l'un et l'autre déshonorés avant de nous dévorer. Sous l'imparfait trompe-l'œil de la lettre, on eût deviné que j'étais pétri d'inconnaissance, de chaos, d'analphabétisme profond, iceberg de suie dont la partie émergée n'était que miroir aux alouettes ; et on eût fustigé le charlatan. Pour que je me jugeasse digne d'affronter Anubis, il eût fallu que la partie invisible fût, elle aussi, polie de mots, parfaitement gelée comme l'inaltérable diamant d'un dictionnaire. Mais j'étais vivant ; et puisque ma vie n'était pas un verbier, puisque toujours m'échappait la lettre dont j'eusse voulu des pieds à la tête être constitué, je mentais donc en me voulant écrivain ; et je châtiais mon imposture, pulvérisais mon peu de mots dans l'incohérence de l'ivresse, aspirais au mutisme ou à la folie, et singeant « l'affreux rire de l'idiot », me livrais, mensonge encore, aux mille simulacres du trépas.

Le père Foucault était plus écrivain que moi : à l'absence de la lettre, il préférait la mort.

Moi, je n'écrivais guère ; je n'osais davantage mourir ; je vivais dans la lettre imparfaite, la perfection de la mort me terrifiait. Comme le père Foucault pourtant, je savais ne rien posséder ; mais, comme mon agresseur, j'eusse voulu plaire, gloutonnement vivre avec ce rien, pourvu que j'en dérobasse le vide derrière un nuage de mots. Ma place était bien aux côtés du matamore, dont je m'étais si justement avoué le rival et qui, me rossant, avait consacré notre parité.

Je quittai l'hôpital peu après. Je ne sais si nous nous sommes dit au revoir ; nous fuyions l'un et l'autre : il avait honte de son aveu public, lui qui n'aurait pourtant pas eu beaucoup à attendre pour que le cancer lui brisât, avec les cordes vocales, tout aveu dans la gorge ; j'avais honte de ne rien avouer, par la publication, la mort ou la résignation au silence. Puis, ce dernier jour, mon visage était encore déformé par la blessure, je craignis d'être défiguré ; je rudoyai Marianne qui tâchait tendrement de me rassurer ; j'emportai, avec un vague courroux, le *Gilles de Rais*, la vision des grands arbres encore, et le silence du père Foucault.

Le mal aura fait son œuvre ; il sera devenu muet à l'automne, devant les tilleuls roux : dans ces cuivres que le soir ternit, et toute parole soustraite par la mort en marche, il aura plus que jamais été fidèle aux vieilles épaves lettrées de Rembrandt ; nul dérisoire écrit, nulle pauvre demande griffonnée sur un papier n'aura corrompu sa parfaite contemplation. Sa stupéfaction n'aura pas décru. Il sera mort aux premières neiges ; son dernier regard l'aura recommandé aux grands anges tout blancs dans la cour ; on aura ramené le drap sur sa figure, aussi étonnée du peu de la mort qu'elle avait pu l'être du peu de la vie ; cette bouche sera close à jamais, qui s'était bien peu ouverte ; et à jamais immobile, intacte d'œuvre, refermée sur le rien de la lente métamorphose où elle a aujourd'hui disparu, cette main qui jamais ne traça une lettre.

Vie de Georges Bandy

à Louis-René des Forêt

À l'automne de 1972, Marianne m'abandonna.

Elle répétait au théâtre de Bourges un médiocre *Othello*; j'étais depuis plusieurs mois chez ma mère, aspirant sottement à la grâce de l'Écrit et ne la recevant pas : grabataire ou de drogues diverses m'exaltant mais toujours distrait au monde, indolent, furieux, et une hébétude forcenée me rivant satisfait à la page infertile sans qu'il me fût besoin d'écrire un seul mot. Comment écrire du reste, quand je ne savais plus lire : au pire de misérables traductions de science–fiction, au mieux les textes benoîtement tapageurs des Américains de 1960 et ceux, pesamment avant-gardistes, des Français de 1970, étaient mon seul aliment; mais si bas que ces lectures déchussent, elles m'étaient encore des modèles trop forts que j'étais incapable d'imiter.

Je m'invétérais dans l'échec, l'inertie fascinée ; dans l'imposture aussi : mes lettres à Marianne, quotidiennes, mentaient effrontément ; je faisais état de pages éclatantes miraculeusement venues, j'étais l'Opéra Fabuleux et chaque nuit m'était pascalienne, le ciel mouvait ma plume, comblait ma page. Ces forfanteries baignaient dans un mélange de lyrisme fruste et de roublardises sentimentales. Je ne pouvais les relire sans rire et me méprisais, fougueusement ; je me demande si j'ai changé de style depuis ces lettres inaugurales à un lecteur leurré.

Marianne n'était pas un lecteur de roman ; la leurrer était sans noblesse : elle m'envoyait chaque jour des lettres brûlantes, elle avait foi en moi, elle n'avait consenti cette séparation, pour elle si douloureuse, qu'afin que j'écrivisse. Elle m'avait soutenu dans mon projet de fuir Annecy où je n'écrivais rien (elle ne savait pas, si je le devinais, qu'à Mourioux m'attendait une page tout aussi blanche, qu'aucun voyage ni pédante retraite ne suffisent à remplir), et où j'avais passé un hiver funeste ; dans cette ville facile, propre aux effusions romantiques et au pensum bariolé des sports de neige, j'enrageais davantage que dans de plus grandes villes, où la misère s'allège d'être côtoyée sans cesse, et partagée. Puis, Marianne jouant dans une troupe locale, j'avais inconsidérément accepté un petit emploi à la Maison de la Culture : la promiscuité en laquelle il me fallait vivre avec de bons apôtres forts de leur mission civilisatrice et des fonctionnaires à hobbies, dans une constante surenchère de créativité dévote, m'exaspérait. Je me souviens de certains soirs de causerie littéraire : en haut, on parlait de poésie et de désir, du plaisir ineffable qu'on prend, dit-on, à composer des livres ; en bas, ayant trouvé la clef de la cave où étaient stockées les bières du petit bar intérieur, je me saoulais sans vergogne. Je me souviens de la neige, toute de fleurs légères dans le halo des réverbères, et pesante et noire autour du bâtiment, foulée de tant de pas et de roues, où j'aurais voulu tomber. Je me souviens, avec des larmes, du sourire étranglé du peintre Bram Van Velde invité là un soir et égaré, de sa trop longue gabardine d'un autre temps, de son chapeau mou qu'il tint gauchement tout le temps qu'il resta assis en butte à ses admirateurs en verve, vieillard bénin et doux, interloqué comme un stylite au pied d'un mât de cocagne, honteux des sottes questions qu'on lui posait, honteux de n'y savoir répondre qu'en monosyllabes d'assentiment factice, honteux de son œuvre et du sort que le monde fait à tous, de la parole burlesque dont il afflige les bavards, du burlesque silence dont il abolit les muets, de la vanité commune aux bavards et aux muets, pour leur commun malheur.

C'est là ce que me fut Annecy, que je quittai

un matin de janvier ou février. Le jour n'était pas levé encore, le gel poignait ; nous habitions très loin de la gare, j'avais plusieurs valises, stupidement encombrantes, lourdes des livres qui me suivent comme un bagnard son boulet ; Marianne et moi avions chacun un vélosolex. Nous y avons tant bien que mal arrimé les valises ; j'étais malheureux et furieux, j'avais froid, les traits de Marianne étaient enlaidis de sommeil : à peine eut-elle fait quelques mètres que le bagage dont elle s'était chargée tomba. J'eus horreur de mon indigence, de nos moufles et de nos passe-montagnes, des ficelles de pauvre rognant le mauvais carton des valises, de notre maladresse dans la banalité désastreuse ; j'étais un personnage de Céline partant en vacances. Je jetai mon solex dans le fossé, les valises éparpillées s'ouvrirent, la littérature haïe détala dans la boue ; sous les arbres noirs près du lac noir, ma silhouette gesticula, infime et forcenée, je criai dans le *christus venit,* insultai ma compagne comme un ouvrier qui part mal remis de la cuite de la veille, et dont l'épouse a oublié de préparer la gamelle ; j'aurais voulu être un de ces livres chavirés et insensibles que je piétinais. Marianne se mit à pleurer, tentant de remettre en place le pénible bât de bouquins, et les sanglots l'en empêchant : son pauvre visage, que déparaient le passe-montagne, le froid et le chagrin, me déchira : je pleurai à mon tour, nous nous embrassâmes, nous eûmes des tendresses d'enfant. À la gare, elle courut longtemps sur le quai le long du train qui m'emportait, maladroite et éclatante, m'envoyant des clowneries si mièvrement délicates en dépit des pleurs qui devaient lui barrer la gorge, si risiblement trottinante et admirable d'espoir, que je pleurai longtemps encore dans le wagon surchauffé.

Je fis en train un voyage terrifié ; il allait falloir écrire, et je ne le pourrais pas : je m'étais mis au pied du mur, et n'étais pas maçon.

À Mourioux, mon enfer changea ; c'est à celui-ci que je me suis tenu désormais. Chaque matin, je posais la page sur mon bureau, et attendais en vain que la remplît une faveur divine ; j'entrais à l'autel de Dieu, les instruments du rituel étaient en place, la machine à écrire à main gauche et les feuillets à main droite, l'hiver abstrait par la fenêtre nommait les choses plus sûrement que n'eût fait l'été profus ; des mésanges voletaient, qui n'attendaient que d'être dites, des cieux variaient, dont la variation se pourrait réduire à deux phrases ; allons, le monde ne serait pas hostile, resserti dans le vitrail d'un chapitre. Des livres m'entouraient, bienveillants et recueillis, qui allaient intercéder en ma faveur ; la Grâce ne saurait assurément résister à un si bon vouloir ; je la préparais par tant de macérations (n'étais-je pas pauvre, méprisable, détruisant ma santé en excitants de tous ordres ?), tant de prières (ne lisais-je pas tout ce qui se peut lire ?), tant de postures (n'avais-je pas l'air d'un écrivain, son imperceptible uniforme ?), tant d'Imitations picaresques de la vie des Grands Auteurs, qu'elle ne pourrait tarder à venir. Elle ne vint pas.

C'est que, orgueilleusement janséniste, je ne croyais qu'à la Grâce ; elle ne m'était point échue ; je dédaignais de condescendre aux Œuvres, persuadé que le travail qu'eût exigé leur accomplissement, si acharné qu'il fût, ne m'élèverait jamais au-dessus d'une condition d'obscur convers besogneux. Ce que j'exigeais en vain, dans une rage et un désespoir croissants, c'était *hic et nunc* un chemin de Damas ou la découverte proustienne de *François le Champi* dans la bibliothèque des Guermantes, qui est le début de la *Recherche* et en même temps sa fin, anticipant toute l'œuvre dans un éclair digne du Sinaï. (J'ai compris, trop tard peut-être, qu'aller à la Grâce par les Œuvres, comme à Guermantes par Méséglise, c'est « la plus jolie façon », la seule en tout cas qui permette d'apercevoir le port ; ainsi un voyageur qui a marché toute la nuit entend à l'aube la cloche d'une église conviant un village encore lointain à une messe que lui, le voyageur qui se hâte dans la rosée des trèfles, va manquer, passant le porche à l'heure enjouée où les enfants de chœur dévêtus desservent les burettes, rient dans la sacristie. Mais ai-je vraiment compris cela ? Je n'aime pas marcher la nuit.) Ayant, comme tant de nigauds infortunés, pris pour dogme les rodomontades juvéniles de la *Lettre du Voyant*, je « travaillais » à me faire tel, et en attendais l'effet de miracle promis ; j'attendais qu'un bel ange byzantin, descendu pour moi seul dans toute sa gloire, me tendît la plume fertile arrachée à ses rémiges et, dans le même instant, déployant toutes ses ailes, me fît lire mon œuvre accomplie écrite à leur revers, éblouissante et indiscutable, définitive, indépassable.

Cette naïveté avait son revers d'avidité retorse, je voulais les plaies du martyr et son salut, la vision de la sainte, mais je voulais aussi la crosse avec la mitre qui imposent silence, la parole épiscopale qui couvre celle même des rois. Si l'Écrit m'était donné, pensais-je, il me donnerait tout. Abêti dans cette croyance, absenté dans l'absence de mon Dieu, je m'enfonçais chaque jour plus avant dans l'impouvoir et la colère, ces deux mâchoires de la tenaille dans l'étau de laquelle hurlent les damnés.

Et, tour d'écrou redoublant l'étreinte, comparse nécessaire et voyeur des plaies infernales, le doute venait à son tour, m'arrachait à la torture de la croyance vaine pour un supplice plus noir, me disant : Si l'Écrit t'est donné, il ne te donnera rien.

Perdu dans ces pieuses sottises, je sentais la sacristie (je ne crois pas qu'aujourd'hui l'odeur m'ait quitté) ; les choses déclinaient ; j'avais oublié les créatures, le petit chien qui regarde si bonnement saint Jérôme écrivant dans un tableau de Carpaccio, les nuages et les hommes, Marianne en passe-montagne courant derrière un train. Et bien sûr la théorie littéraire me répétait à satiété que l'écriture est là où le monde n'est pas ; mais quelle dupe j'étais : j'avais perdu le monde, et l'écriture n'était pas là. Ces saisons à Mourioux passèrent comme un rêve, sans que j'en visse autre chose qu'un rayon de soleil parfois m'agaçant quand il se déplaçait sur le blanc de ma page, m'éblouissait ; je n'aperçus pas le printemps et ne sus que c'était l'été, lors de mes escapades sans gloire, que parce que la bière y est plus fraîche et comme naturelle, plus plaisamment enivrante. Dans ces mois funestes où je cherchais la Grâce, j'ai perdu la grâce des mots, du simple parler qui réchauffe le cœur qui parle et celui qui écoute ; j'ai désappris de parler aux petites gens parmi lesquels je suis né, que j'aime encore et dois fuir ; la théologie grotesque que j'ai dite est ma seule passion, elle a chassé toute autre parole ; ma parentèle paysanne ne pourrait que rire de moi ou se taire avec gêne si je parlais, me craindre si je me taisais.

Je ne m'échappais de Mourioux que pour

courir dans diverses villes des bordées qui décuplaient mon absence au monde, mais complaisamment la dramatisaient ; sorti de la gare, je me jetais dans le premier café et buvais avec application, de bar en bar progressant jusqu'au centre ; je ne me dérobais à ce devoir que pour acheter des livres ou empoigner au hasard des femmes consentantes. Chaque biture m'était une répétition générale, un radotage des formes déchues de la Grâce : car l'Écrit, pensais-je, viendrait à son heure de la sorte, exogène et prodigieux, indubitable et transsubstantiel, changeant mon corps en mots comme l'ivresse le changeait en pur amour de soi, sans que tenir la plume me coutât plus que lever le coude ; le plaisir de la première page me serait comme le frisson léger du premier verre ; l'ampleur symphonique de l'œuvre achevée résonnerait comme les cuivres et les cymbales de l'ivresse massive, quand verres et pages sont innombrables. Archaïque moyen, grossier subterfuge de chaman paysan ! J'imagine que les bipèdes épouvantés des Cyclades, de l'Euphrate ou des Andes, à des millénaires de la Révélation, se pochardaient de la sorte en pure perte pour simuler Sa venue ; et il n'y a pas si longtemps que les grands Indiens des Plaines en sont morts jusqu'au dernier, attendant peut-être que l'eau-de-feu les fournît en Messies ou inspirât au plus veule d'entre eux des *Iliade* et des *Odyssée*.

Marianne une fois vint à Mourioux, au tout début de mon séjour, en mars, et il faisait beau. Je me dois justice : quoique peu touché par la Grâce, j'en conservais l'espoir, et avais d'ailleurs écrit quelque chapitre d'un petit texte exalté et pieusement moderne, où une encombrante « recherche » formelle vêtait des chevaliers en armure sortis de Froissart ou Béroul ; mais j'en étais heureux, voulais les lui faire lire, et le souvenir de Marianne dans ce soleil d'hiver, m'enchante. Elle descendit du taxi, elle était en beauté, rayonnante et bavarde, fardée ; dans le couloir, je la caressai : je me souviens avec autant d'émoi qu'à l'instant où un geste brutal me la livra, de sa chair pâle dans des bas noirs, de ses mots que ma main fit trembler. Nous nous sommes promenés dans les rochers moussus, dans les herbes qui sont une friandise quand le gel si délicatement en nappe chaque brin ; une fois, nous avons vu le soleil matinal sortir de la brume, éveiller les forêts, ajouter le rire de Marianne aux mille éclats de rire dont est fait, dit le psaume, le char de Dieu ; son visage rosi, son haleine dans le froid, son œil radieux, me sont présents ; jamais plus nous ne vécûmes ensemble des heures semblables ; et de toute cette année-là, comme je l'ai dit, hormis ces quelques jours d'hiver que me donna Marianne, les saisons m'échappèrent.

Nos rencontres postérieures pourraient être

racontées par un des douloureux idiots de Faulkner, de ceux que hantent la perte et le désir de perdre, puis la théâtralisation et le radotage de la perte : à Lyon (je la rejoignais au hasard de ses tournées) où je bus — ou perdis — en un jour le peu d'argent de mon séjour ; je montai vers Fourvières avec des jambes de plomb ; je n'avais plus même le goût de poser la main sur Marianne : je m'étendais nu sur le dos et attendais qu'elle me chevauchât, comme se laisse border un enfant couché. À Toulouse, où je courtisai sous ses yeux une amie d'enfance retrouvée là, et en gâchai mon souvenir. À Bourges enfin, où il y a une buvette dans les jardins de l'évêché ; Bourges, près de laquelle est Sancerre où Marianne m'avait conduit, attentive à me distraire de mes pensers sinistres, elle la fervente qui espérait encore, et moi qui la contraignis à ce triste jour, déclamant entre deux rasades, invectivant les touristes interdits, et l'immense amphithéâtre de la vallée descendant jusqu'à la Loire glorieuse me donnant la risible illusion de composer Ajax ivre ou Penthée, quand j'étais un maigre Falstaff. Public fidèle et las, Marianne commençait à trop savoir que j'interprétais exécrablement, sempiternellement, ces rôles.

Elle vint une autre fois à Mourioux, et ce fut la dernière. J'étais alors au comble de la disgrâce ; des barbituriques pris à longueur de jour s'ajoutaient à l'alcool ; vitreux, je chancelais dès le matin et avais à peine la force encore de balbutier pour la millième fois mes poèmes fétiches ou, bavochant, des Abracadabras joyciens que les anges entendaient en riant aux éclats et, invisibles, m'abandonnaient à mes limbes ; dans l'absence de l'Écrit, je ne voulais plus vivre, ou seulement gavé, somnolent et niais, et le geste sanglant qui m'eût définitivement absenté me semblait un sort mièvre, coup d'épingle que se réservent les baudruches gonflées d'honneur, quand je suis sans honneur et gonflé de vanité seule. Marianne me trouva au plus profond de cet enfantillage interminable ; elle dut enfin se rendre à l'évidence : c'était bien là ma vérité, et mes lettres mentaient.

Elle avait alors quelques contrats, des emplois : elle s'était acheté une petite voiture. Un jour, nous sommes allés aux Cards. La porte poussée, je ne reconnus pas la maison où sentimentalement j'ai le souvenir d'être né, mais une masure où croulaient les gravats, à l'odeur de cave ; parmi d'autres outils en haut de l'escalier, une cognée me sembla digne de mains de bourreau ; une épaisse corde à lier les voiturées de foin prolongeait l'atmosphère de grand-guignol. Marianne en talons hauts, et dont je savais le linge délicat, semblait une reine en fuite à la merci d'un manant ; je l'aimais pourtant, mon cœur saignait d'être ce manant aux mains brusques, au regard mauvaisement inassouvi ; je songeais en relevant ses jolies jupes à la robe blanche et à la ceinture dorée de la chanson d'enfants. Nue, je lui fis tenir des postures insensées dans la chambre poussiéreuse. Elle était excédée mais à vif, et sa jouissance fut âcre comme la poussière qu'elle mordait ; j'étais d'autant plus raide que tout mon être sombrant d'alors se réfugiait dans la raideur de la pointe agressive dont j'éperonnais cette reine, ou cette enfant, pour qu'elle me suivît dans mon naufrage : anonymes dans les toiles d'araignée, nous étions des insectes s'entre-dévorant, féroces, précis et rapides, et cela seul nous liait désormais. Au retour, la nuit était tombée ; Marianne conduisait, machinale et silencieuse ; une bouteille de Martini vide roulait entre mes pieds ; un lapin débusqué se mit à courir le long de nos phares, comme il arrive souvent à ces bêtes sans qu'on sache alors si elles sont terrifiées ou horriblement séduites. Méchamment je le regardais galoper derrière ce faux jour mortel. Marianne prenait garde à l'éviter ; je saisis sournoisement le volant de la main gauche, la voiture fit le peu d'écart nécessaire à la mort d'un lapin ; je descendis et le ramassai : l'amusant cavaleur aux longues oreilles était ce poil trempé, gluant ; il pantelait encore, je l'achevai dans la voiture avec mon poing. C'était le frère du petit lapin qui gambade parmi les mille fleurs des tapisseries, le conil de la *Dame à la Licorne*, et il eût mangé dans la main d'un saint : sans doute ces fadaises occupaient-elles mon esprit pendant que je l'assommais. La clairvoyance me revint d'un coup avec une sensiblerie peureuse, et la honte me submergea : j'aurais aussi bien pu faire dérailler la locomotive pour écraser Marianne du poids de tout un train, en gare d'Annecy. Je ne la regardais pas, j'aurais voulu disparaître : son chagrin et son dégoût étaient tels qu'elle gémissait sans pouvoir dire un mot.

La lettre vint peu après : Marianne y disait sa volonté de rompre, et que là-dessus elle ne reviendrait pas. Le seul texte important que le Ciel m'eût envoyé cette année-là était celui-ci, que je tenais en tremblant, indubitable certes et prodigieux à sa manière, mais il n'était pas de ma main et me changeait en terre ; ma pompeuse volonté d'alchimie du verbe avait opéré à rebours. Je lisais et relisais ces mots miraculeux et mortels comme, pour un lapin, les phares d'une auto dans la nuit ; c'était la fin d'octobre, le vieux soleil agitait au-dehors un grand vent : j'étais ce feuillage que le vent défait, qu'il exalte mais enterre.

Pas de jour plus insupportablement fort que celui-ci dans ma mémoire ; j'y expérimentais que les mots peuvent s'évanouir et quelle flaque sanglante, bourdonnante de mouches et harcelée, ils laissent d'un corps dont ils se sont retirés :

eux partis, restent l'idiotie et le hurlement. Toute parole, toute larme abolies, je poussais des cris de crétin bousculé, je grognais : prenant Marianne dans la chambre des Cards comme un porc à la glandée couvre la paysanne qui l'y conduit, j'avais dû pousser de semblables grognements ; mais ceux-ci étaient plus émus encore, ils sentaient l'abattoir. Si je quittais un instant ma douleur, la nommais et me voyais la vivre, je ne pouvais qu'en rire, comme font rire les mots « pisser le sang » si d'aventure, vous pissez du sang.

Alertée par mes cris ma mère, éperdue d'inquiétude, me crut devenu fou ; la pauvre femme m'adjurait de lui parler, de revenir à la raison. Sous les yeux de ce témoin aimant et désespérément apitoyé, le grotesque égoïsme de ma douleur redoubla. Ma mère partit enfin. La parole me revint : j'avais perdu Marianne, j'existais ; j'ouvris la fenêtre, me penchai dans le grand éclat froid : les cieux, comme d'habitude, comme écrits dans le psaume, narraient la gloire de Dieu ; je n'écrirais jamais et serais toujours ce nourrisson attendant des cieux qu'ils le langent, lui fournissent une manne écrite qu'ils s'obstinaient à lui refuser ; mon désir glouton ne cesserait pas davantage que son inassouvissement devant l'insolente richesse du monde ; je crevais de faim aux pieds de la marâtre : que m'importait que les choses exultassent, si je n'avais pas de Grands Mots pour les dire et que nul ne m'entendît les dire ? Je n'aurais pas de lecteurs, et n'avais plus de femme qui, m'aimant, m'en tînt lieu.

Je ne pouvais tolérer la perte de ce lecteur fictif qui feignait, avec de si tendres égards, de me croire gros d'écrits à venir : il y avait longtemps que moi-même n'y croyais plus, et en elle seule survivait un semblant de croyance ; elle était en quelque façon, sous mes yeux et dans ma main, tout ce que j'avais écrit et pourrais jamais écrire ; je dirais : mon œuvre, si cela n'était grotesque — et n'est que trop vrai. Elle disparue, je cessais, même mensongèrement, de m'être crédible. Mais il y avait pire sans doute : dans ma déréliction, dans mon vain isolement, elle avait fini par me tenir lieu de toutes les autres créatures ; je m'en remettais à elle pour me représenter le monde ; elle était celle qui dispose les bouquets pour qu'apparaissent les fleurs qu'on n'a pas vues, qui montre du doigt les horizons notables, et équivaut les choses qu'elle nomme ; du passe-montagne aux bas noirs, elle occupait tout l'éventail de ce qui vit, des plus pitoyables proies aux fauves les plus désirés ; elle était le petit chien de saint Jérôme. Et, s'enfuyant par ma faute, la petite bête avait emporté avec elle les livres, les lutrins et l'écritoire, avait dépouillé de sa pourpre hautaine et de son camail noir le patriarche érudit, ne laissant à sa place dans le tableau calciné qu'un Judas nu, ignare et impardonné au pied de la croix dont il est coupable.

La meute universelle, privée du petit chien allié qui la détournait sur de fausses pistes, me tenait ; je me sentais cerf au dernier quart d'heure. Il fallait fuir ce monde épouvantable : la neuvaine alcoolique à laquelle j'avais tout d'abord naturellement pensé, me parut un interminable cul-de-sac, qu'il me faudrait franchir entre des piqueurs ; je choisis une issue plus veule, mais sûre. J'allais à La Ceylette.

J'y avais fréquenté cette année-là un de ces hôpitaux psychiatriques new-look, construits en pleine campagne et sans murailles, qui ne manquent pas de charme ; j'y venais consulter le docteur C., grand jeune homme indolent, un peu fat et non dénué d'une certaine gentillesse. Des immenses fenêtres de son cabinet, le regard embrassait des forêts ; il y avait aux murs une grande carte de l'Île Mystérieuse de Jules Verne, qui n'existe sur aucune mer, et des portraits de poètes morts deux fois, de folie avant que de bonne mort. Il avait quelque instruction, m'en trouva, et nous nous touchâmes par ce point : nous parlions de sujets à la mode, de l'éternel pont-aux-ânes qui relie démence à littérature, de Louis Lambert, Artaud ou Hölderlin. (Avec émotion pourtant, je me souviens qu'il mentionna que son grand-père, homme de peu, lui avait fait lire Céline, quand il était adolescent.)

Mais enfin je venais consulter, et non sans duplicité : car si je n'attendais peut-être pas grand-chose de ces conversations thérapeutiques, du miracle anamnésique ni du sésame de l'association libre, j'attendais tout en revanche des petites pilules que sournoisement je lui extorquais et qu'il croyait me prescrire ; si j'abondais dans son sens en effet, si j'appuyais sans trop de maladresse sur la chanterelle littéraire, si surtout je l'aiguillais au bon moment sur les romantiques allemands, son violon d'Ingres, à propos desquels son discours excellait, j'avais l'assurance qu'au bout d'une heure il sortirait jovialement le providentiel bloc à ordonnances et, dans la lancée, prescrirait sans sourciller des doses renouvelables de soporifiques à assommer un bœuf, mais qui me permettraient, à moi, de m'échapper tout guilleret de son cabinet, avec l'assurance de ne voir le monde pendant de longs jours qu'à travers une adorable buée légère.

Mais ce jour clair et terrible d'octobre, nulle buée ne me le pouvait cacher ; seule le pouvait l'épaisseur opaque de la mer que j'aurais voulu recevoir sur la tête ; je voulais être un poisson lent des grands fonds, une insensible outre goulue, je voulais une cure de sommeil : je savais que le docteur C. ne me la refuserait pas, et il se fit peu prier en effet. Savamment lesté du scaphandre chimique, je descendis en douceur dans les eaux sans phrases où le passé se calcifie, où la mort des poissons s'écrit en de gigantesques pages de calcaire — dont une des variétés est le marbre —, où le moule de la perte s'emplit de plomb. Quand ma lanterne brièvement se rallumait, des infirmiers maternels me nourrissaient, me faisaient fumer des cigarettes que ma main tremblante ne pouvait retenir : *Eurypharynx Pelecanoides*, le Grandgousier des abysses, est un être à grande bouche, sans témoin, et satisfait.

Il fallut remonter. De ce retour douloureux mais clair, aucune des métaphores dont je viens d'abuser ne saurait rendre compte.

La cure de sommeil accomplie, je restai deux mois à La Ceylette. Je repris contact avec l'hiver sans doute, avec mon nouveau deuil, avec la vieille grâce suspendue ; mais surtout j'y vis des hommes en exercice, réduits à leur flagrant délit de parole ou de silence. Car à l'asile plus qu'ailleurs encore, le monde est un théâtre : qui simule ? qui est dans le vrai ? lequel mime le grognement de la bête pour qu'éclose plus pur le chant espéré de l'ange ? lequel grogne à jamais en croyant enfin chanter ? Et tous simulent sans doute, si l'on admet que la folie accomplie, à lier et sans plus de mots pour se dire, est une simulation qui a outrepassé son but.

Il y avait là quelques-uns de ces malades citadins, instruits, à qui les médias ou les best-sellers romanesques ont appris que la dépression nerveuse frappe les belles âmes, et qui la pratiquaient avec application. Ceux-là papotaient comme ils eussent fait ailleurs : le conformisme de la maladie mentale, le sentiment d'appartenir à une vaste élite égrotante, un triomphalisme de la malédiction partagée, tout cela rendait ces élus somme toute contents de leur sort. Ce n'était pas que coquetterie pourtant, et ces gens souffraient ; mais, peu à l'aise en leur compagnie, où je ne pouvais qu'opiner et doucereusement apporter de l'eau à leur moulin, je les fuyais ; je leur préférais le commerce des crétins de l'arrière-pays, dont l'extravagance était maladroitement sentimentale, et que ne déparaient d'autres mots appris que ceux des romances de bal musette, de juke-box. Puis, la pensée sans doute leur était venue avec le délire, sans autre transition ; et sans autre transition, la pensée s'était arrêtée dans cet éclair. Je reparlerai de ceux-ci, qui sont chers à ma mémoire, un pyromane amoureux des arbres, un paysan veuf de sa mère, d'autres ; je parlerai d'abord de Jojo.

C'était — on appelait ainsi — un aristocrate atteint de sénilité évolutive, aiguë. Quel avait été son nom avant qu'il ne réponde à ce diminutif d'infamie, toujours assorti de rires gras ou de menaces ? Il n'aurait su le dire, ne parlant plus, mais hurlant ou babillant presque sans répit.

Georges peut-être, ou Joseph ? Vraisemblablement alors, c'était ce petit nom que jadis lui avait donné tendrement, rieusement, une femme ouverte encore, quand on se sourit dans les draps apaisés, qu'on fume nu, glorieux et humble. Il avait sûrement eu des femmes, et avait peut-être lu des livres.

Jojo était immonde ; sa démarche incohérente était d'un pantin ; son inassouvissement était constant et exécrable : ses convoitises n'étaient plus servies par la parole, qui permet de les satisfaire en les édulcorant, et pas davantage par la rectitude du geste, qui fait qu'on s'empare avec grâce d'un objet grossièrement convoité ; il enrageait de ces inadéquations. Ici ou là, au parloir où des rires l'accueillaient, dans le parc où les choses silencieuses persistaient, il apparaissait, pur bloc de colère mouvante, jaculatoire, comme on imagine que se manifestaient les dieux aztèques au mieux de leur forme ; comme eux, il suspendait un instant son regard fulminant sur un monde à détruire ; puis tournait les talons et disparaissait, comme eux plein de massacres et de sanglots, écorché mais terreux, marchant comme une hache abat un arbre.

On lui servait à manger dans le hall du réfectoire, à une table spécialement aménagée, où un saladier était scellé, dans lequel des bouillies diverses l'attendaient ; on lui nouait les reins à sa chaise, un drap en guise de serviette autour du cou ; il avait pour couvert une sorte de louche : en dépit de ces précautions, l'incoordination de ses mouvements était telle, et telle pourtant l'impétuosité de son malheureux appétit, qu'après son repas dans cette auge, la nourriture perdue éclaboussait tout son corps et le sol autour de lui. Je le voyais de ma place, au réfectoire ; malsainement je l'observais et riais sous cape de notre fraternité. Une fois, comme machinalement je relevais la tête entre deux plats, je ne vis pas le monstre, mais de dos une silhouette penchée vers lui, tout près, qui semblait lui parler ; l'inconnu, de bonne taille, portait de mauvais blue-jeans de foire villageoise et de lourdes bottes boueuses de paysan. Sa conversation singulière, qu'il poursuivait à voix trop basse pour qu'on pût la démêler des gémissements de l'idiot, aurait suffi à m'intriguer ; mais aussi, dans cette nuque ferme aux cheveux drus, dans cette main économe qui tenait non sans grâce, mais avec un soupçon de réticence hautaine, une cigarette blonde, quelque chose me frappa, que j'avais déjà vu. Nous sortîmes du réfectoire ; je vis le visage de Jojo : il était plus humain, extatique ou fou de rage, comme si sa colère s'était enfin défini une cible ou qu'il se souvenait de quelque chose que jadis il avait su nommer, embrasser, tenir d'une main ferme ; il poussait une sorte de lointain gargouillis ininterrompu, que je ne lui connaissais pas. L'homme était toujours penché sur lui ; à regret, il fit un pas de côté pour nous laisser passer : sa veste était maculée de la nourriture vagabonde de l'idiot ; il me fit face ; nos regards se croisèrent, hésitèrent, retombèrent. Je reconnus l'abbé Bandy.

Il était pourtant méconnaissable. Le temps l'avait empaysanné ; l'arrière-campagne l'avait des pieds à la tête oint de son huile épaisse, lourdement odorante. Là-dessus une autre onction, plus aiguë et pire, que je ne sus d'abord nommer : le visage était couperosé à l'extrême, sous une buée l'œil s'absentait ; là-dedans le regard était de la neige au fond d'un trou, lors du dégel. Il était d'une maigreur profonde, mais peu intéressante ni spectaculaire, sur laquelle le teint flamboyait comme un fard ; la main tremblait un peu, avec pourtant toujours cette froide façon, méprisante même pas mais intraitable, de tenir la cigarette de luxe, comme si la tenir était la meilleure manière de l'omettre. Il me reconnut fort bien, et comme moi passa outre, sans un mot.

De la fenêtre de ma chambre, je vis l'abbé peu après sortir, se camper face au froid, tirer la fermeture Éclair de sa veste, jeter son mégot : ces gestes aussi, je les connaissais bien. Il enfourcha un vélomoteur, s'éloigna en pétaradant dans la campagne acide d'où Marianne était absente, et tout pardon, et l'été lointain. Je me souvins d'un autre homme.

J'avais l'âge du catéchisme alors, et n'attendais d'autre salut que celui que je recevrais de moi-même à l'âge adulte, quand je serais compétent, et fort, pour peu que j'y fusse décidé : j'étais enfant, j'étais raisonnable. La rareté des desservants avait déjà entraîné en désuétude l'unité territoriale et spirituelle de la paroisse ; l'église de Mourioux, avec quelques autres petits clochers de village aux vieux saints, était desservie par le curé de Saint-Goussaud ; l'abbé Lherbier, vieillard bonasse qui s'occupait d'archéologie, était alors dans cette cure ; il mourut ; on apprit que l'abbé Bandy le remplaçait. Des rumeurs le précédèrent : c'était un fils de famille, de Limoges ou Moulins peut-être ; c'était surtout, et les paroissiens en conçurent un vague orgueil teinté de méfiance, un jeune théologien plein d'avenir, mais frondeur, dont l'évêché avait jugé bon de mettre la vocation à l'épreuve en l'envoyant paître les plus humbles ouailles paysannes, à Arrènes, Saint-Goussaud, Mourioux, autant dire *in partibus.* Il s'installa au printemps, et ce fut en mai sans doute, si j'en crois mon souvenir de bouquets de lilas baignant les pieds de plâtre d'une Vierge, qu'il célébra à Mourioux sa première messe : j'y appris, avec l'odeur du tabac blond, que la Bible est écrite de mots et qu'un prêtre peut, mystérieusement, être enviable.

À travers les vitraux un grand soleil affluait sur les marches du chœur ; mille oiseaux au-dehors chantaient, l'odeur touffue des lilas semblait celle, polychrome et violente, des vitraux ; dans la flaque d'or sur la pierre grise, Bandy chamarré entra à l'autel de Dieu. L'homme était beau, sûr, et d'un geste si juste bénissant les fidèles qu'il les tenait d'autant plus à distance, à bout de bras. J'aurais voulu pleurer, et ne pus que m'extasier : car les mots soudain ruisselèrent, ardents contre les voûtes fraîches, comme des billes de cuivre jetées dans une bassine de plomb ; l'incompréhensible texte latin était d'une netteté bouleversante ; les syllabes sous sa langue se décuplaient, les mots claquaient comme des fouets sommant le monde de se rendre au Verbe ; l'ampleur des finales, culminant avec l'exact retour du prêtre dans l'envol d'or de la chasuble au *Dominus vobiscum*, était une basse insidieuse de tam-tam fascinant l'ennemi, le nombreux, le profus, le créé. Et le monde rampait, se rendait : au terme de cette nef soudain ensoleillée sans effet, au sein de cette campagne si verte, dans les odeurs et les couleurs, quelqu'un, au verbe embrasé, savait se passer des créatures. Au bord de la travée, peut-être défaillante et la chair rousse de sa lèvre palpitante dans les répons murmurés comme des promesses, Marie-Georgette en crêpe pâle sous sa voilette blanche, les yeux grands, gratifiait Bandy du regard dont une levrette gratifie le grand-veneur, ou une ursuline blanche, jadis à Loudun, Urbain Grandier.

Je ne me souviens pas du sermon de ce jour-là ; mais je me doute que comme toujours, dans les sermons obscurs et rutilants de Bandy, y flamboyèrent des gerbes de noms propres dont les syllabes aiguës parlaient de toute-puissance écroulée, d'anges terrifiants et d'anciens massacres. Il y fut peut-être question de David (Bandy en faisait claquer la finale contre son palais, comme pour redoubler ou ratifier, en la refermant sur elle-même, la majuscule initiale, royale), qui sur le tard eut besoin d'une jeune servante comme d'un cataplasme sur son cœur sec de vieux roi tueur à l'agonie ; de Tobie (il prononçait Tobi-e, étirant et anoblissant d'un yod ce mot vaguement ridicule qui à l'enfant que j'étais ne pouvait évoquer qu'un chien), qui rencontra au bord d'une rivière un ange et un poisson ; d'Achab, dont le destin fut chaotique comme son nom de hache et d'ahan, et qui sombra ; d'Absalon, dont les consonnes vipérines sifflent comme la perversité de ce fils indigne ou les sagaies qui le transpercèrent, suspendu par les cheveux à un grand arbre, lourd et acculé comme sa finale de plomb. Car Bandy avait le goût d'assener des noms propres, spectres royaux ou refrains de vieilles chansons à tuer, qu'il faisait planer sur un monde nostalgique ou terrifié, sans autre alternative.

Les mots à mon tour m'entraînent trop loin : qu'on ne s'autorise pas de ma maladresse pour penser que Bandy était un sombre prédicateur, tel que l'ont popularisé le roman gothique et ses avatars ; on se méprendrait. Il ne terrifiait personne, et là n'était d'ailleurs pas son but, son éthique conciliante invitant davantage aux jardins d'indulgences papistes qu'à la médiocre geôle luthérienne ; il ne menaçait d'aucune calamité, et dans sa bouche les Sept Plaies d'Égypte étaient davantage un fait divers chargé d'éclat, d'énigme et de passé, comme les Énervés de Jumièges ou la Mort de Sardanapale, qu'un juste châtiment du ciel. S'il voulait dompter le monde, c'était à son propre usage et sans léser quiconque, par la seule puissance de sa juste diction, par la seule forme achevée des mots, sans préjudice de leur signification morale ; et il ne pensait pas vraisemblablement que ce monde fût mauvais, mais au contraire insolemment riche et prodigue, et qu'on ne pouvait répondre à sa richesse qu'en lui opposant, ou lui ajoutant, une magnificence verbale épuisante et totale, dans un défi toujours à recommencer, et dont l'orgueil est le seul moteur.

« Il s'écoute parler », disait ma grand-mère, qui avait passé l'âge du crêpe blanc et des voilettes ; en effet : il s'enivrait des échos de son verbe, s'émouvait de l'émoi qu'il causait aux chairs des femmes et aux cœurs des enfants, en un mot il faisait du charme. Sa messe impeccable était une danse de séduction ; les noms y éclataient comme les plumes d'un oiseau à la parade ; la perfection chatoyante des consonances latines était le complément de la chasuble aux couleurs cycliques, qui est blanche pour le Christ et rouge pour les martyrs, et d'ordinaire timidement verte comme les prés ensoleillés, c'était le complément de la beauté virile, nette et brune, dont l'avait gratifié la nature. Qui cherchait-il à séduire ? Dieu, les femmes, lui-même ? Les femmes, certes, il les aimait ; Dieu sans doute, croyant alors que la Grâce ne se prêtait qu'aux riches, aux beaux parleurs ; lui-même sûrement, qui s'encombrait de chasubles sous les voûtes et de lourde moto sous le soleil, de belles maîtresses et de théologie.

La messe finit enfin. La dernière bénédiction fut aussi calme et magistrale que la première ; Marie-Georgette, qui savait ce qu'elle voulait et savait vouloir sans retard, le bruit sec de ses talons couvrant celui des chaises remuées, marcha décidément vers la sacristie, armée d'un quelconque prétexte, que j'ignore. Nous, les enfants, nous nous assîmes sous le portail, en haut de la volée de marches dont la dernière portait le poids d'une énorme moto noire, telle que jamais nous n'en avions vu : c'était, je crois, une des première B.M.W. exportées. Marie-Georgette sortit bientôt, sa jupe effleurant nos têtes, son parfum et son sourire dans l'été me comblant ; elle n'avait pas fini de traverser la place que l'abbé parut à son tour. Elle se retourna et le regarda ; il ne la voyait pas et ses yeux clignant un peu suivaient avec beaucoup d'étonnement la fuite d'un oiseau sur le feuillage, les toits. Il alluma une cigarette blonde : Mourioux ne connaissait pas ce luxe, cette odeur quasi liturgique, femelle, cléricale ; il en tira quelques bouffées, la jeta, referma son blouson et, ayant d'un geste ineffable, digne d'un grand dignitaire jadis en chasse, pris à pleines mains et jeté tout le poids de sa soutane sur la jambe d'appui, il enfourcha l'énorme bécane et disparut. Marie-Georgette se détourna, les glycines de sa porte dansèrent un instant, violettes, sur sa robe, et elle disparut à son tour ; sur la grande place ensoleillée ne restaient que trois ou quatre petits paysans étonnés, qui n'en revenaient pas de se voir assener d'un coup tant de mythologies : sur la moto d'une chanson de Piaf, était passé un évêque à profil d'Apollon, à bouche d'or.

Il resta presque dix ans à Saint-Goussaud ; j'étais adolescent et convoitais à mon tour, timidement, ce qu'il aimait, quand il en partit. Il ne fut pas curieux d'archéologie, mais de filles et des Écritures : peut-être, entre le Père qui est invisible, qui jadis écrivit le Livre, et ses créatures superlatives, les plus visibles et présentes, les femmes, ne voyait-il en ce monde de place que pour lui-même, Fils charmeur et rhétoricien qui célébrait l'absence de l'un dans l'immanence des autres ; il fit un voyage en terre sainte, dont il nous projeta des diapositives, et eut quelques démêlés avec son évêque ; mais on ne sut de lui rien d'important. Il n'avoua pas. Peut-être Marie-Georgette ou quelque autre des maîtresses qu'il eut alors (toutes celles qui, dans ses cinq paroisses, étaient belles, aimaient les hommes et s'habillaient en ville, c'est-à-dire en fin de compte guère plus que sur les doigts d'une main), peut-être celles-là pourraient-elles en dire plus : mais la vieillesse les a prises, avec l'oubli ou le souvenir bavard, la campagne referme doucement sur elles son linceul de saisons.

Il fut l'un des premiers à quitter la soutane (et alors je ne revis plus le geste ineffable, d'évêque chevauchant en croisade, avant le fracas de la moto), quand le Saint-Siège le permit ; il fut élégant, varié dans les gris, un foulard noué sur le col dur, ou de pied en cap harnaché pour la moto : mais jamais il n'éluda le retour inflexible des chasubles, leur code saisonnier invariable et compliqué : la rouge qui flamboie à la Pentecôte, comme la flamme indubitable que reçurent les Apôtres et que lui, Bandy, ne recevait pas ; la violette endossée à la fin de l'hiver, qui appelle les premiers crocus et promet les lilas que peut-être il ne respirait pas ; et la rose du troisième dimanche de Carême, satinée et gaufrée comme une lingerie féminine. Il ne se départit jamais non plus, pour la messe, de la précision sonore des mots, de l'ampleur déclamatoire de prélat et du décorum gestuel hautement sobre, que j'ai dits ; sa diction trop belle, émaillée de mots incompréhensibles, résonna dix ans sous les voûtes aux saints frustes, guérisseurs de bestiaux, d'Arrènes, Saint-Goussaud, Mourioux ; et j'imagine sa rage secrète, lorsqu'il débitait ses pompeux sermons à des paysans respectueux qui n'y comprenaient goutte et des paysannes séduites, comme un pauvre Mallarmé fascinant l'auditoire d'un meeting prolétarien.

Hors de la messe, Bandy cessait de faire l'ange. Ni taciturne ni exalté, il s'efforçait à la simplicité et à la courtoisie, et il y parvenait, mais avec toujours quelque chose d'intraitable en secret : sa propre parole, il la tenait à distance de lui-même comme, du bout des doigts, il le faisait de sa cigarette ; quelque chose de brutal aussi peut-être, et brutalement contenu, comme lorsque, rageusement, il talonnait le kick de sa bécane.

(Il enterra des paysans morts ; il en vit souffrir, avec candeur ou hargne, mais maladroitement toujours ; il entendit dans les nuits de mai des rossignols, et le coucou dans les blés verts ; il entendit les longues cloches, les cloches fêlées, comme à Ceyroux, et les profondes, comme à Mourioux, les cloches de ses paroisses ; des moissonneurs dans la campagne le saluèrent, quand il marchait en blanc entre la croix et le cercueil : il était alors un homme qui passe, un médiocre volume de chair dans la main immense de l'été, suant sous le surplis comme les porteurs sous la bière. S'en émut-il ? Je le crois.)

Je me souviens avec plaisir du catéchisme, pendant la récréation de midi dans la fraîcheur de la sacristie, où nous n'apprenions rien ; Bandy y était bienveillant, orgueilleusement et inexorablement bienveillant ; parmi les grossiers petits paysans que nous étions, il était sans illusion : ce n'était pas un curé de Bernanos. Je revois son regard sur moi lorsque je venais de dire quelque bêtise, son regard bleu froidement indulgent, à peine apitoyé, s'attendant au pire.

J'ai un souvenir de plein été ; c'était en juin sans doute, quand les vacances approchent et que les méchancetés enfantines s'impatientent avec un vague désir, s'enivrent d'elles-mêmes comme alors les abeilles sombrant dans les pollens des tilleuls, des genêts. Lucette Scudéry venait au catéchisme avec nous, les enfants rageurs et rieurs, les enfants sains : c'était une misérable créature qui, à dix ans, avait à peine un langage, des mains grêles qui ne savaient à tout propos que se lever pour parer des coups trop peu souvent imaginaires, et un visage éperdu que seul distrayait des pleurs un rire extatique, insupportable ; mais ce visage au teint diaphane avait une sorte de joliesse incongrue, qui nous exaspérait : que cette joliesse s'assortît de débilité et d'épilepsie nous semblait autorisation railleuse du ciel à donner libre cours à nos débordements. Ce jour-là, très chaud, l'abbé était en retard ; nous l'attendions sur le perron de l'église, la fraîcheur de la pierre à nos jarrets n'apaisant pas plus nos désirs que les gros mots et les mauvais gestes ne tempéraient nos colères ; nos fureurs bientôt se portèrent sur Lucette. Sa mère, presque aussi misérable qu'elle, lui avait fait deux nattes frêles que retenaient des rubans bleus, dont à sa façon elle s'enorgueillissait, les touchant à tout moment avec de petits cris aigus. Nous les défîmes, ou plutôt les arrachâmes, en la bourrant de coups ; nous courûmes dans les herbes en faisant danser dans l'air les minces trophées bleus, avec des rires : agitant les bras, Lucette gémissait, titubante sur les marches ombreuses ; soudain elle ouvrit la bouche, son regard s'agrandit, fixe et comme fugacement doué de la raison qui lui manquait. Elle tomba, la mousse aux lèvres.

Elle se débattait dans la terrible crise que nous savions reconnaître, pour y avoir assisté déjà, quand arriva l'abbé. Sa silhouette endeuillée fut sur nous en deux enjambées ; son beau visage impassible nous surplomba : debout, il considéra avec une surprise d'enfant ce visage que convulsait une nécessité plus forte que la parole, ce balbutiement d'écume aux coins des lèvres, cet œil blanc sous le plein soleil ; il se ressaisit, rêveusement, chercha dans ses poches un mouchoir qu'il ne trouva pas, et prit dans ma main le ruban bleu que je n'avais pas songé à lâcher ; il s'accroupit, et de ses doigts tachés de nicotine, dont l'enduit d'ambre m'évoque encore les mots de « saint chrême », de « baume » et d'« onction sainte », il essuya les lèvres frémissantes : il semblait dérouler un phylactère couleur de ciel devant la bouche bavarde d'un saint. Dans les fleurs blanches des orties, près de la tête de l'enfant qui se calmait peu à peu, un papillon jaune d'or volait ; le ruban ensalivé resta dans l'herbe verte lorsque l'abbé partit, emportant chez sa mère l'enfant apaisée, brisée, dans ses bras.

Après le catéchisme, je revins seul dans la sacristie : j'avais oublié de transmettre un message de l'instituteur, ou de faire signer le cahier de présences. L'abbé ne m'entendit pas arriver ; il s'appuyait des deux mains à la fenêtre basse et se voûtait un peu, comme pour contempler au loin la campagne ; il parlait, d'une voix désarmée, peut-être implorante, ou stupéfaite, qui me figea. Il s'avisa de ma présence au milieu d'une phrase, se tourna vers moi et, sans surprise, me regardant comme si j'avais été un arbre dans la campagne ou une chaise dans l'église, il amena sa phrase à son terme, sur le même ton. Je crois aujourd'hui avoir entendu ceci : « Considérez les lis des champs. Ils ne sèment ni ne filent, mais je vous dis que le roi Salomon dans toute sa gloire n'était pas vêtu comme l'un d'eux. » Il signa le cahier et me congédia.

J'appris que Bandy était curé de la petite commune de Saint-Rémy, dont dépendait l'hôpital ; quant à Lucette Scudéry, je l'avais vue dans ces murs, à La Ceylette ; elle était ici depuis longtemps, et pour toujours ; elle ne me reconnut pas. Du visage aux gros yeux souffrants, à la lèvre pendante, toute joliesse était absente : sur elle aussi, l'immémorieuse pour qui le temps, réduit à l'intervalle entre deux crises, devait bien peu s'aggraver de souvenirs de rubans et de juins enfantins, les années avaient passé. De la petite paroisse de jadis, nous étions venus tous les trois : le jeune curé promis à l'épiscopat, le garçon vif plein d'avenir et l'idiote sans lendemain ; l'avenir était là et le présent nous réunissait, égaux ou bien peu s'en fallait.

Un après-midi de la fin novembre, j'allai à Saint-Rémy : il y avait là, dans l'arrière-boutique du bureau de tabac, un stock de « Série noire » invendus depuis des lustres, écornés, couverts de chiures de mouches, parmi lesquels je me réapprovisionnais chaque semaine. Le village n'était qu'à quelques kilomètres et, par beau temps, la promenade ne manquait pas d'attraits ; le chemin serpentait à travers des châtaigneraies et de vieux granits, sur les flancs d'un petit mont au sommet duquel trois bouquets d'arbres donnaient l'illusion d'un triple sommet, et dont le nom de « Puy des Trois-Cornes », donné par les gens d'ici, m'évoquait un dieu cervidé, peint et enfoui à l'âge du Renne, avec pour tout témoin les racines des grands arbres aveuglément mêlées à ses bois ; sur la route, un panneau où bondissait un cerf avertissait de la présence d'un gibier fictif, fossile ou divinisé. Je n'étais pas sorti de la forêt qu'une voix derrière moi me héla ; je vis Jean venir pesamment à ma rencontre, sous les châtaigniers. Je l'attendis sans plaisir.

Il m'était sympathique pourtant, mais il me répugnait de me commettre dans le village en compagnie de ces misérables : à la déchéance, à la perte, je ne voulais pas ajouter l'aveu. Jean, qui me rejoignait, n'était pas le pire d'entre eux : il était plutôt doux, et obstinément, sombrement fidèle à ceux qui lui montraient quelque égard. Il me dit qu'un camarade l'attendait à Saint-Rémy ; nous pourrions faire route ensemble et revenir de même, si je voulais bien au retour passer le chercher au café du village ; je n'osai refuser. Nous cheminâmes de conserve, lui silencieux, sa tête carrée enfoncée dans ses lourdes épaules, de temps en temps grommelant et serrant les poings, moi l'observant du coin de l'œil. Je connaissais la nature de sa colère : il venait de perdre sa mère, avec qui jusque-là il avait vécu vieux garçon, et avait greffé sur ce deuil une antique querelle paysanne ; il était à ses yeux avéré que des voisins de sa ferme, brouillés avec lui depuis toujours, déterraient nuitamment sa mère et s'en venaient jeter l'increvable cadavre dans son propre puits, l'enfouir sous son fumier, le verser en pâture dans les auges de sa porcherie ou, couvert de foin, l'allonger sous le mufle des vaches : il tressaillait jusqu'à l'aube de leur horrible travail nocturne qui faisait grincer des portes, aboyer des chiens, lever le vent ; aux lueurs roses du premier soleil, il trouvait partout la revenante, souillée, à demi dévorée, un coq sur sa tête ou du lierre vrillé mauvaisement à ses membres, une fourche dans la mâchoire ; il avait pris les gendarmes venus le quérir pour des fossoyeurs dévoyés, à la solde du vieil ennemi. Et, contre ces profanateurs fieffés, faux gendarmes et faux voisins, tous étranges croque-morts, tous sectateurs de la tombe, il levait en marchant son poing vers le ciel, invectivait sourdement les arbres, l'espace irréprochable ; j'avais pitié et ne pouvais que railler en secret : je m'en étais pris de la sorte aux touristes, à la Loire, coupables assurément de m'empêcher d'écrire, à l'universel fauteur de page blanche, deux mois plus tôt dans Sancerre.

Je perdis du temps à rechercher dans le bureau de tabac les derniers titres lisibles parmi ces « Série noire » que j'avais déjà écumés ; quand je sortis, la nuit brusque d'hiver tombait, la première étoile brillait dans le ciel très pur. Un vertige orgueilleux me saisit, mon cœur déborda ; dans la surnaturelle absence céleste, la défection de la Grâce que j'avais si vainement réclamée me parut d'une insupportable candeur : m'échoir l'eût souillée. Marianne s'était retirée, plus rien ne me séparait de la douloureuse vacuité des cieux, un beau soir de gel : j'étais ce froid, cette clarté dévastée. Un enfant sale et sifflotant passa, jetant un regard narquois à ce grand demeuré littéraire qui béait aux corneilles ; la honte et le réel revinrent. J'aurais voulu toucher une femme et qu'elle me regardât, voir des fleurs blanches dans les champs d'été, être la pourpre et les verts dorés d'un tableau vénitien ; je marchai vite dans le village obscur, mes mauvais livres sous le bras. La lumière chiche de l'Hôtel des Touristes, le seul café du village, vacillait au fond de la place. J'entrai dans la salle triste aux tables de formica, au plancher livide lavé à grande eau ; nul exotisme ne sauvait la lourde odeur de fumier installée sur un juke-box blafard, un comptoir digne des pires banlieues et l'œil d'une télévision au-dessus d'une patronne épaisse, éreintée. Les consommateurs boueux et taciturnes levèrent la tête ; Jean, l'œil allumé, était attablé avec l'abbé Bandy.

Entre eux, un litre de vin rouge, aux trois quarts vide ; le teint égal des crapuleux compères tachait malsainement leur visage fatigué ; je me doutai qu'ils n'étaient pas aux premières libations.

J'arrivai à leur table. Jean demanda : « Tu connais Pierrot. »

L'abbé sans répondre me tendit sa main vague. De nouveau, il me regardait : il ne faisait pas mine de me reconnaître ; pas mine non plus de ne jamais m'avoir vu. Simplement, et sciemment peut-être, il me méconnaissait ; quiconque désormais lui était arbre dans la forêt ou chaise de bar, fleur des champs, irresponsable objet devant son œil irresponsable : tous inutiles et nécessaires, figurants harassés mais cabotins encore d'une pièce trop jouée, nés de la terre et y retournant ; vous regardant, il contemplait ce parcours, et non pas ce que chacun, broutilles, en avait fait.

Acceptant mon regard pourtant, et quoiqu'il refusât d'y reconnaître un destin particulier, je veux croire qu'il y vit un instant, comme un vitrail qu'éveille un rayon, un jeune prêtre lumineux qu'un enfant ébloui regardait à travers des larmes, frappé de mots dansants, enchantés, héraldiques ; qu'il y vit le regard de tous ces gens pour qui il avait été et demeurait, pédant ou ivrogne, rhétoricien ou dérisoirement charitable, « monsieur le curé ». Son attention se détourna, revint au litre dont il servit Jean, lui-même ; le plomb recouvrit le vitrail. Le regard derechef s'enfouit dans sa neige : monsieur le curé était le petit Georges Bandy qui avait vieilli. « À la tienne », dit Jean, aigrement jovial. L'abbé but d'un trait, tenant le gros verre avec une ferme délicatesse, comme s'il était d'or.

Je ne m'étais pas assis, j'attendais dans la gêne, imposteur que ne daignait pas même démasquer un autre imposteur, ou un saint ; je pressais timidement Jean de me suivre : ne devions-nous pas être rentrés à l'heure du dîner ? D'ailleurs, le litre était vide, ils se levèrent. L'abbé s'en alla payer au comptoir : sur le mauvais blue-jean bouffant aux reins, il portait ses bottes terreuses comme un haut missionnaire des jodhpurs ; la taille demeurait opiniâtrement droite dans une de ces vestes de chasse en drap côtelé, avec des poches dans le dos et des boutons de métal frappés de cors en relief, que les paysans d'ici commandent à la Manufacture de Saint-Étienne ; à peine marchait-il avec la raideur des ivrognes pour qui tout est gouffre et qui, funambules, feignent de n'en rien voir. Jean, désignant furtivement l'abbé qui recevait sa monnaie de la morne patronne, fit une mimique rigolarde à la fois et admirative : je ne l'avais jamais vu aussi naturel, presque fier, tout deuil écarté. L'abbé impassible serra des mains à la ronde, nous précéda sur le seuil ; un ruissellement d'étoiles lui fit lever la tête : *Caeli enarrant gloriam Dei.* La bouche hautaine, où était éclose une cigarette virginienne, ne cita rien ; je songeai qu'elle en avait bien fini aussi d'embrasser les seins nus d'une Marie-Georgette éperdue, ou de quelque autre Danaé de village ouverte à sa pluie d'or. Du verbe et du baiser, de la richesse orale jadis tant aimée, lui restait seul ce vestige tôt réduit en cendres, cette cigarette à grain blond et bout doré, à odeur de femme.

Il écrasa le mégot sous sa botte, nous salua. Sa mobylette était appuyée sur le mauvais crépi de la façade ; il en saisit résolument le guidon, enjamba la machine et, la tête trop haute comme s'il regardait toujours les étoiles et refusait de déchoir sous cet œil aveugle et multiple, presque humain en somme, il pédala pour lancer le moteur ; la pétrolette fit un maigre zigzag, il tomba. Jean eut un petit rire émerveillé. Les deux mains au sol l'abbé releva la tête : les étoiles, les pures et froides, les créées au Commencement, les conductrices de Mages, celles qui portent le nom des créatures, cygnes, scorpions et biches avec leurs faons, les peintes sur les voûtes parmi des fleurs naïves, les brodées sur les chasubles et celles que les enfants découpent dans du papier d'argent, les étoiles n'avaient pas vacillé ; la chute d'un ivrogne n'entre pas dans leur infinie narration. Péniblement l'abbé se remit sur pied ; il ne résista pas davantage au roulis de cette terre prise de vin : poussant son engin à ses côtés, il s'en alla d'un pas raide dans la nuit, dans cette ruelle de village au bout du monde. « La terre chancelle devant le Seigneur, comme un homme ivre » : il était le regard du Seigneur, il était l'émoi de la terre, et au bout de tant d'années peut-être, enfin, un homme. Il avait disparu, on entendit de nouveau dans le noir un bruit de ferraille ; sans doute avait-il raté une seconde tentative.

Sur le chemin du retour, nous marchions vite ; Jean, guilleret, parlait de sa maison natale ; tout spectre en était absent : allons, il n'y avait que les médecins pour croire à cette sombre histoire de croque-morts réactivant sans cesse une marâtre d'outre-tombe ; ils auraient fini par l'en persuader ; les morts étaient bien morts, il le lui avait dit, l'abbé, qui était bien placé pour le savoir. Il allait guérir, il serait chez lui pour la Saint-Jean d'été, et nous irions y manger le jambon, avec l'abbé, avec tous les amis, y boire longtemps dans la cuisine fraîche. Comme nous traversions la forêt, il se tut ; la lune s'était levée, dansait dans la futaie, suscitait çà et là le fantôme d'un bouleau ; sur les panneaux froids, les cerfs peints sautaient interminablement dans la nuit. Je pensai au centaure ensoutané qui bondissait jadis sur sa moto ; il n'avait d'yeux alors pour d'autres créatures que les gracieuses, les parfumées, toute chair acquise à son verbe ; puis, un jour que je ne connaissais pas, il avait perdu la foi dans les créatures, qui est peut-être celle de plaire aux belles créatures : nul n'eut davantage de foi que don Juan. Avec surprise alors, peut-être avec terreur, avec cet étonnement que lui causait un vol d'oiseau ou une épileptique, il avait appris qu'existaient d'autres créatures ; il avait su que l'âge nous fait chaque jour plus semblable à celles-ci, à un arbre ou à un fou ; quand il avait cessé d'être un beau prêtre, quand les rieuses s'étaient détournées du vieux curé, il avait appelé à lui les autres, les disgraciés, ceux qui n'ont plus de mots, bien peu d'âme et pas même de chair, et que la Grâce, dit-on, sait d'autant mieux atteindre, dans un écart prodigieux ; mais quelque effort qu'il eût fait, dans son orgueilleuse résolution, pour aimer ces âmes de peu et s'équivaloir désespérément à elles, je ne croyais pas qu'il y fût parvenu. Peut-être me trompais-je ; restait ce que mes yeux avaient vu : l'enfant terrible du diocèse, le théologien séduisant et roué, était devenu un paysan alcoolique confessant des cinglés.

Il ne s'était rien passé, sinon ce qui passe sur tous, l'âge, le vieux temps. Lui n'avait pas beaucoup changé — simplement, il avait changé de tactique ; il avait jadis en vain appelé la Grâce en montrant combien il était digne de la recevoir, beau comme elle et comme elle fatal ; mimétique avec passion, il faisait l'ange comme certains insectes se font brindilles pour surprendre leur proie : dans son nid de mots purs, il attendait le divin oisillon. Aujourd'hui, il ne croyait plus sans doute que la Grâce, docile et métonymique, atteignît un bel orant en remontant la chaîne de ses justes mots tressés jusqu'au ciel, mais qu'au contraire elle n'empruntait que le bond intense de la métaphore, la fulgurance railleuse de l'antiphrase : le Fils était mort sur la croix. Nanti de cette évidence, Bandy, nul et pochard, quasi muet, travaillait à s'abolir, il était le creux que comblerait un jour l'indicible Présence : les ivrognes croient volontiers que Dieu, ou l'Écrit, sont derrière le prochain comptoir.

Je questionnai le docteur C., sans lui rien dire du Bandy que j'avais connu. Il eut un sourire indulgent : l'abbé était un homme bien incapable, mais inoffensif ; puis, les malades l'aimaient bien, il était de même milieu et avait les mêmes tares, les mêmes qualités peut-être ; il était comme eux inculte, mais leur payait des paquets de gris ; il pouvait être thérapeutiquement intéressant d'encourager leur fréquentation. Je n'insistai pas, nous enfourchâmes Novalis. C. se souvint en riant que le toit de l'église, à Saint-Rémy, tombait en ruine, et que l'incurie de l'abbé laissait crouler : seuls quelques pensionnaires de l'hôpital, qui y trouvaient prétexte à sortie, se rendaient désormais à la messe dans l'église glaciale, inondée, où les oiseaux nichaient ; et, comme si la mention d'une église de campagne avait déclenché en lui un irrépressible mécanisme, il cita les premiers vers du poème d'Hölderlin où il est question du bleu adorable d'un clocher, et du cri bleu des hirondelles. Je songeai avec amertume que dans ce même poème, il est dit que l'homme peut imiter la Joie des Célestes, et « avec le divin se mesurer, non sans bonheur » ; je songeai avec joie qu'erronément, « mais poétiquement toujours, sur terre habite l'homme » ; et, avec tristesse, qu'en moi aussi, un abbé douloureux et un clocher déclenchaient des mécanismes, des citations, du vent : sous la bannière du Pathos, je chevauchais avec le docteur C.

J'approche du terme de cette histoire.

Au réfectoire, je déjeunais habituellement près d'une fenêtre, en face de Thomas. Je n'avais guère remarqué jusque-là que l'effacement obstiné, souriant, de ce petit bonhomme très contemplatif et candide ; j'avais remarqué aussi qu'il était bien mis, mais comme le sont les petits employés qui veulent n'être pas aperçus ou, comme on dit, rester à leur place. Plein d'égards pour ses compagnons de table, il passait les plats avec une politesse point affectée ni hâtive, qui me plaisait ; puis, et quoiqu'il ne parût pas tout à fait inculte, les délices ni l'affliction de la maladie mentale ne lui étaient prétextes à coqueter, nous avions échangé quelques mots sur la politique, la personnalité des médecins, les programmes de la télévision, des billevesées. Un jour, la fourchette arrêtée, le regard perdu, il regarda obstinément au-dehors, pendant d'interminables secondes ; il n'y avait personne, au-dehors ; le menton de Thomas tremblait, il était bouleversé. « Voyez, dit-il, comme ils souffrent. » Sa voix se brisa. Je regardai dans la même direction : sous une maigre bise d'hiver, des pins acides s'agitaient faiblement. Un merle. Quelques mésanges gyrovagues, d'un arbre à l'autre, et le grand ciel neutre. J'étais stupéfait : quel mystère me voulait-on indiquer là, que je ne voyais pas ? Les arbres, dit Saint-Pol-Roux, échangent leurs oiseaux comme des paroles ; cette métaphore complaisante me vint à l'esprit, avec une navrante envie de rire : j'aurais pu, tapant sur mon assiette, chanter à mon tour cette souffrance, à tue-tête, cette souffrance — de qui ? Je me croyais dans un roman de Gombrowicz ; mais non : j'étais chez les fous, et nous respections les règles du genre.

Thomas s'apaisa aussi soudainement qu'il s'était exalté. Il mangea, sans un mot ni un regard pour la souffrance diffuse dont il venait de frapper ce coin d'hiver. Cette terre gâtée, je ne pouvais, moi, en détacher mes yeux ; quelque chose était passé là, les arbres n'avaient plus de nom, plus de nom les oiseaux, la confusion des espèces me stupéfiait : ainsi un animal qui recevrait la parole, ou un homme qui la perd avec la raison, doivent-ils apercevoir le monde. Jojo, délié de son auge et plus inassouvi que jamais après son simulacre de repas gâché, passa dans ce désert, et rétablit l'équilibre, ses pauvres bras ramèrent un instant dans mon champ visuel ; des moineaux, à son approche tonnante, jaillirent d'un sorbier ; ses poings gourds, une fois encore, boxèrent dans le ring universel : des arbres frappés au hasard de sa marche, des gerbes d'eau l'inondaient. « Le Dieu, me dis-je, du Miroir Fumant, qui est bot et a deux portes battant à grand bruit sur la poitrine. » Le dieu barbare chancela au coin d'une terre labourée, disparut sous un bois ; j'étais soulagé, mon envie de rire avait disparu, je mangeai : Jojo allait sur deux pieds, on pouvait en faire un dieu, c'était bien un homme.

J'aimais les infirmiers, bougres optimistes, avec qui je jouais à la belote ; j'appris d'eux quelle était la passion de Thomas. Il était pyromane, et s'en prenait aux arbres ; souvent, en pleine sécheresse, il fallait à mes bougres courir çà et là dans le parc avec des extincteurs. Ils prenaient d'ailleurs la chose avec philosophie ; c'était des gens gais que rien n'étonnait plus, et dans leurs rires, je crois, réellement charitables ; les entrelacs de tant de paroles délirantes, infiniment relatives, les avait épurés, au contraire des médecins qui s'arrogeaient un droit de regard statutaire sur ces paroles ; et ils étaient aux psychiatres ce que serait un film des Marx Brothers aux pages culturelles d'un hebdomadaire : pas sérieux, méchants et secourables, touchant l'essentiel. Je ris avec eux des déboires de Thomas, frère Marx aux allumettes se glissant dans la nuit, les mains moites comme un amoureux ou un assassin, et que poursuivaient dans un parc, l'été, ses compères morts de rire sous leur lance à eau. Mais nous savions bien que ce n'était pas si simple : Thomas peut-être avait infiniment pitié, de tous et de tout ; quand sa pitié l'étouffait, qu'aucune larme ni angoisse n'en pouvait plus rendre compte, il s'en libérait en passant, le temps d'un flamboyant simulacre, dans le camp des bourreaux. Je l'imaginais, face à l'exorcisme pétillant, tendant ses narines à l'odeur du sapin rouge comme un dieu hume un sacrifice, le visage de petit employé avec violence éclairé dans toute la gloire d'un Porteur de Foudre ; il était le lapin que fascine un phare, il était le lampadophore qui l'assomme, et affolé entre ces deux rôles interchangeables, terrifié qu'ils le fussent, il tremblait quand les bougres le ramenaient à sa chambre, blagueurs et maternels. Pour le reste oui, il avait pitié ; ce monde privé de grâce depuis l'origine des espèces mortelles, sans doute l'eût-il voulu apaisé, hors mélodrame, disparu ; tout le créé était à ses yeux pitoyable : la Nature Naturée avait raté son coup. C'était sa façon à lui de considérer les lis des champs.

Un dimanche de janvier, l'aube vive dans ma vitre me fit me lever tôt ; sous le même soleil levant, schizos et simulateurs, et tous ceux qui étaient l'un et l'autre, se croisaient dans le réfectoire avec leur bol fumant, et assis, y portaient longuement leur bouche, accablés par le vide du jour ; beaucoup étaient endimanchés. Thomas était de ceux-ci. En plaisantant, il me pressa de l'accompagner à la messe. J'éludai : je n'y avais pas assisté depuis des années ; j'étais et suis toujours un athée mal convaincu ; d'ailleurs je m'y ennuierais. Je taisais ma réticence essentielle : la honte de me rendre au village en compagnie de la horde débridée. Alors lui, m'ayant compris et me regardant bien en face, avec une douloureuse modestie : « Vous pouvez bien venir il n'y a que nous, a la messe. » Nous, les folâtres et les imposteurs, les tire-au-flanc de tout acabit. Je rougis, allai me changer et rejoignis Thomas.

Nous fîmes le beau chemin, encadrés par un infirmier comme une chiourme par son garde : ils étaient nombreux, tous ces possédés et ces hérésiarques, traînant leur boulet et coiffés de la mitre jaune, à cheminer vers la Vraie Croix. Au-devant, quelques profonds crétins marchaient plus vite, trop vite comme ils le font tous dans leur empressement à atteindre un but toujours dérobé ; leurs haleines dansantes fuyaient, ils disparaissaient derrière un tournant, leur jacassement s'estompait dans un bois, s'accordait au pépiement des créatures plus pur dans le gel ; puis des fuites d'oiseaux, et de nouveau la harde clopinante, ses sottes invectives, ses rires et ses mots surprenants, quand l'infirmier essoufflé la rabattait vers nous. En queue du piteux cortège, je marchais entre Jean et Thomas : entre un sectateur farfelu de l'éternelle résurrection de la Mère et un sombre cathare imputant le ratage de la création à quelque grand-papa Sabbaoth ivre mort, moi, quémandeur de Grâce diffuse, fils perpétuel dans la toute-absence du père et la fuite des femmes, j'allais célébrer l'éternel retour du Fils dans le sein du Père et son éternelle diffusion sanglante dans le sein des créatures. Soit, en des temps moins cléments, un joli trio pour le bûcher. Tout cela sous le rire frêle, d'argent froid, d'un soleil de janvier.

Nous approchions ; les toits miroitèrent, le village dans son vallon nous apparut ; dans l'espace accru, la petite cloche sonnait. Le docteur C. et Thomas avaient dit vrai : la volée allègre et triste ne conviait personne à la tristesse du sacrifice, à l'allégresse des renaissances ; personne sur la place, ni sur les marches de l'église ; de toute l'étendue bleue qu'elle émouvait en vain, la cloche de Saint-Rémy n'appelait chaque dimanche matin d'autres ouailles que ce troupeau vague qui, s'entre-heurtant, butant sur chaque pierre et sur chaque mot, descendait lourdement les ruelles, faisait retentir la place de ses galops frivoles, s'engouffrait sous le porche en larmoyant. Le bronze creux, le bronze radieux et hautain, sonna jusqu'à ce que nous passions la porte : sous le clocher, l'abbé en chasuble ordinaire volait avec la corde, affairé, sérieux, dansant.

Nous nous installâmes bruyamment ; la cloche eut quelques sursauts encore, se tut. Pour nous seuls l'abbé avait posément dansé avec sa corde et, ayant assigné cette voix divine à nous saluer, l'apaisait ; il était imprudent d'ailleurs de soumettre à ce branle profond la nef, considérablement endommagée : la très simple charpente était dénudée au-dessus du chœur, où la lumière d'en haut ruisselait ; une poutre noire baignait dans les cieux candides ; une chute de plâtras avait obstrué la porte de la sacristie ; et derrière l'autel, une vaste lézarde s'ouvrait sur le bleu touchant du ciel. Les saints de plâtre avaient été encapuchonnés pour traverser l'humidité des nuits qui régnait sous les voûtes comme dans une forêt ; l'autel était recouvert d'une bâche épaisse en toile de tente d'un vieux vert. Toujours sérieusement, posément, l'abbé décoiffa quelques saints, saint Roch le guérisseur en braies et blouse de bure, qui montre sur sa cuisse la plaie charbonneuse partagée avec les bœufs, les brebis, saint Rémi l'évêque, l'érudit confesseur des vieux Carolingiens, d'autres ; il eut un sourire peut-être modeste, plein d'humour insondable, en branchant un vain calorifère dans ce vaisseau ouvert à tous les vents. Enfin il saisit un coin de la bâche, eut un regard vers l'assistance, et Jean, répondant peut-être à un rite renouvelé chaque dimanche, se précipita, prit l'autre bout, et ils la déroulèrent : ainsi Moïse appelait-il, à la halte, le plus niais chamelier des tribus d'Israël et, un instant complices, ils installaient ensemble la tente de l'arche. Dans ce désert, le tabernacle apparut. Bandy gravit les marches et commença.

Comme bien des années plus tôt, je ne pus qu'amèrement m'extasier ; j'étais stupéfait, j'étais rassuré. Tout sombrait, mais le naufrage était d'une intraitable décence : l'emphase souveraine du geste et du verbe était souverainement retombée, la médiocrité de la diction était parfaite, la langue exténuée n'atteignait rien ni personne ; les mots exsangues s'étouffaient dans les gravats, fuyaient dans les lézardes ; comme Démosthène et pour des effets inverses, Bandy s'était en quelque façon empli la bouche de cailloux. La messe, il est vrai, était dite en français, conformément à la liturgie réformée du Concile ; mais je savais bien que Bandy jadis eût fait en sorte que sa propre langue, passée au crible d'une diction tourbillonnante et fatale, résonnât comme de l'hébreu ; aujourd'hui, il en faisait un idiome insuffisant, limpide et machinal, pas même patois, la vaine et monotone crue explétive d'un Être introuvable, une interminable formule de politesse laminée par des siècles d'usure : il célébrait la messe comme dans une salle vide un disque rayé tourne, comme un maître d'hôtel demande si on a bien dîné.

Tout cela sans affectation et sans ironie, sans simulacre d'humilité ni onction, avec une furieuse modestie. Le masque était parfait, et pathétique l'effort pour n'avoir d'autre visage que ce masque : la chasuble l'endimanchait, il ne savait que faire de l'étole, il baisait la nappe de l'autel avec la gauche retenue d'un garçon d'honneur paysan qui embrasse, fardée et décolletée, une mariée de la ville ; les saints énumérés au Confiteor semblaient de plâtre peint, la Vierge était la Bonne Dame qu'avait révérée ma grand-mère ; les allusions aux trois personnes de la Trinité, à leur obscur commerce dans une ronde étrange, étaient dites trop vite et avec une sorte de gêne, comme une formalité incompréhensible dont il s'excusait d'avoir à fatiguer l'assistance. Dans cette nef éventrée et pour le public qu'on sait, s'épuisait à se susciter un paysan laborieux troqué par hasard, un écorcheur de mots conscient de l'être et tant bien que mal y remédiant, tout juste capable, à force d'habitude et de persévérance, de dire une messe correcte.

Les crétins ne tenaient pas en place — et pourtant, curieusement, à leur manière ils assistaient. Ils s'intéressaient à quelque chose, là-bas, vers Bandy : cette messe infiniment relative ne les effarouchait pas davantage qu'un vol de sauterelles dans les champs, le murmure indéfini des arbres, des mouches autour d'un fruit blet ; ils s'approchaient précautionneusement du chœur, crochetaient à la grille basse leurs mains floues et rapaces, tendaient le cou pour mieux voir frémir les élytres, entendre le vent ébruiter les feuilles ; l'un d'eux s'enhardit jusqu'à toucher du bout des doigts la chasuble craquante. Il revint en courant, riant sous cape, intimidé de son audace mais fier de l'exploit ; l'infirmier rigolard le tança à voix haute : le misérable eut le rire rengorgé du mauvais sujet qui est aussi le premier de la classe.

L'abbé imperturbable bénissait ces créatures apparaissantes, invaincues, despotiques, dans la faillite du verbe.

Posément il vint vers nous, son œil de neige nous effleura, il commença son prêche. C'était la messe de l'épiphanie, qui commémore depuis toujours l'adoration des Mages ; je me souvins d'autres sermons où la parole de Bandy, triplement royale et suivant une étoile, avait joué de l'errance des Rois caravaniers et de la lucidité des cieux nocturnes qui les tire sur les chemins, de la présomption de ces porteurs de myrrhe asservis par l'arrogance divine du Verbe fait enfant. Il ne parla pas des Mages : la reddition des Rois à la Parole incarnée ne le concernait plus, lui dont la parole d'or n'avait pas fléchi le muet, l'impassible Dispensateur de toute parole. Il parla de l'hiver, des choses dans le givre, du froid dans son église et sur les chemins ; le matin, il avait ramassé dans l'abside un oiseau gelé ; et, comme l'eût fait une vieille fille ou un retraité sentimental, il s'apitoya sur les moineaux que le gel foudroie, sur les vieux sangliers que la faim dévore, épouvantés et grognant douloureusement dans la neige, le beau sucre blanc qui affame ; il parla de l'errance des créatures qui n'ont pas d'étoile, du vol obtus des corbeaux et de l'éternelle fuite en avant des lièvres, des araignées qui pèlerinent sans fin dans les fénières, la nuit. La Providence fut mentionnée pour mémoire, peut-être par antiphrase. Tout style avait disparu ; le sermon parfaitement atone était délesté de tout nom propre ; plus de David, plus de Tobie, plus de fabuleux Melchior ; des phrases sans période et des mots profanes, la pudeur un peu niaise des poncifs, du sens dévoilé, de l'écriture blanche. Comme un Grand Auteur qui aurait jadis en vain fait danser ses lecteurs « sur la poêle à frire de sa langue » sans rallier à travers eux les suffrages du Grand Lecteur d'en haut, il allait désormais aux plus déshérités, ceux que toute lecture effarouche, avec des mots de tous les jours et des thèmes de chansonnette ; Dieu n'était pas forcément un Lecteur Difficile : son écoute pouvait se modeler sur la vague oreille d'un crétin. Peut-être l'abbé eût-il voulu, comme François d'Assise, parler pour les seuls oiseaux, les loups ; car si ces êtres sans langage l'eussent compris, alors il en eût été sûr : c'eût été que la Grâce le touchait.

Corbeaux et sangliers émurent les idiots : ils s'esclaffaient, s'emparaient au hasard d'un mot de l'abbé, le relançaient sur divers tons ; l'infirmier les engueulait ; dans ce tohu-bohu, quelques schizos impavides se recueillaient comme toujours, ensevelis dans leurs attributs angéliques, l'absence et l'énigme. À mes côtés, le visage cruellement ravi, Thomas regardait le coin de ciel accroché à la poutre noire, l'ange d'une Adoration de Dürer y fondait de loin sur lui, ou les larves abjectes d'une Tentation, avec le vol ébouriffé des moineaux. Sur tout cela quelque chose de vaguement honteux, inavouable, proche du pire. L'abbé reprit sa messe ; il consacra le pain, le Fils apparut, les cinglés s'agitèrent ; la porte de l'église s'ouvrit avec fracas : sur le seuil, le souffle lourd, un dieu aztèque contemplait le Vrai Corps.

L'infirmier se précipita, évacua sans ménagement le gueux ; hors de lui mais épouvanté, Jojo emmené gémissait sournoisement comme un chien qu'on bat. L'abbé s'était retourné : il souriait.

À la fin de l'août étouffant de 1976, j'étais de passage dans la petite ville de G., en quête de livres ; nulle Grâce ne m'était venue et, fiévreusement, je compulsais en vain toutes Écritures pour en trouver la recette. Je rencontrai un infirmier de La Ceylette ; il me parla de ceux que j'y avais connus : Jojo était mort, et morte Lucette Scudéry ; Jean était vraisemblablement embastillé à vie ; Thomas, qu'on rendait de temps en temps à la vie civile, répondait ponctuellement à l'appel des arbres, les délivrait par le feu, et se retrouvait de nouveau cloîtré. « Et l'abbé ? » L'infirmier rit sans gaieté ; il me raconta ceci, qui datait de la semaine précédente :

Le samedi, Bandy avait bu avec des ouvriers agricoles qui venaient de battre le blé ; l'Hôtel des Touristes fermé, les libations s'étaient poursuivies au presbytère ; les compagnons très ivres s'étaient séparés à la pointe du jour, à grand bruit dans Saint-Rémy. Le dimanche matin, le cortège habituel partit de La Ceylette ; au plus profond de la futaie du Puy des Trois-Cornes, les pensionnaires reconnurent, appuyée contre le panneau routier où bondit une figure encornée, la mobylette de l'abbé. Jean s'élança dans le bois, l'infirmier sur ses talons ; à l'orée d'une clairière proche, recouvert de l'ombre ecclésiale d'un hêtre contre lequel il semblait assis, écroulé dans l'épine blanche et le lierre froissé, étreignant des fougères, sa chemise de gros coton bleu ouverte sur sa poitrine d'ivoire, l'abbé, les yeux grands ouverts, les regardait : il était mort.

Dans le jour naissant, net sur le ciel glorieux et léger comme un chant d'ivrogne, le Puy feuillu l'a appelé. Il est entré dans la forêt ; ses pieds bottés ont fait lever des odeurs, l'ombre verte a touché son front ; il fumait ; le vin bu le berçait, les tendres feuilles le caressaient ; il a prononcé avec étonnement quelques syllabes que nous ne connaissons pas. Quelque chose lui a répondu, qui ressemblait à l'éternité, dans le verbiage fortuit d'un oiseau. L'ébrouement soudain d'un cerf proche ne l'a pas surpris ; il a vu une laie venir vers lui avec douceur ; les chants si raisonnables se sont accrus avec le jour, ces chants qu'il entendait. L'éclaircie de l'horizon a dévoilé un sous-bois de huppes, de geais, des plumages ocrés et roses comme des fleurs, des becs attentifs et des yeux ronds pleins d'esprit.

Il a caressé des petits serpents très doux ; il parlait toujours. Le mégot brûlait son doigt ; il a pris sa dernière bouffée. Le premier soleil l'a frappé, il a chancelé, s'est retenu à des robes fauves, des poignées de menthe ; il s'est souvenu de chairs de femmes, de regards d'enfants, du délire des innocents : tout cela parlait dans le chant des oiseaux ; il est tombé à genoux dans la bouleversante signifiance du Verbe universel. Il a relevé la tête, a remercié Quelqu'un, tout a pris sens, il est retombé mort.

Ou bien c'était à la fausse aurore, quand les coqs éberlués chantent une fois, s'étonnent dans l'isolement de leur cri, se rendorment ; combien noire encore est la nuit. Midi est loin : hiéroglyphe accompli et forme consommée, sa vie irrévocable le parant, l'abbé Bandy se tait et dort dans l'immense chasuble verte des forêts où les grands cerfs fictifs passent, lents, une croix entre leurs dix-cors.

DÉCOUVREZ LES FOLIO À 2 €

Parutions d'octobre 2005

M. DE CERVANTÈS — *La petite gitane*

Un portrait de femme coloré et romanesque, une nouvelle poétique et baroque par l'auteur de *Don Quichotte.*

G. K. CHESTERTON — *Trois enquêtes du Père Brown*

Trois enquêtes pleines d'humour et de fantaisie du détective du Bon Dieu.

COLLECTIF — *« Dansons autour du chaudron » Les sorcières de la littérature*

Venez danser la sarabande infernale des sorcières en compagnie des plus grands écrivains !

F. S. FITZGERALD — *Une vie parfaite* suivi de *L'Accordeur*

Le portrait de héros insouciants, capricieux et tourmentés, confrontés aux réalités de l'existence, et, à travers eux, d'une génération perdue.

J. GIONO — *Prélude de Pan et autres nouvelles*

Quatre nouvelles au goût amer, quatre textes marqués par le mal qui ronge le cœur des paysans.

K. MANSFIELD — *Mariage à la mode* précédé de *La Baie*

Par petites touches lumineuses et justes, Katherine Mansfield esquisse des portraits pleins de finesse et de sensibilité.

P. MICHON — *Vie du père Foucault — Vie de Georges Bandy*

Deux vies minuscules, ordinaires, transfigurées par le talent de Pierre Michon qui s'attache à restituer le réel avec justesse et lyrisme.

F. O'CONNOR — *Un heureux événement* suivi de *La Personne Déplacée*

Avec une très grande justesse, Flannery O'Connor met en scène des personnages qui ont peur, peur d'eux-mêmes et des autres, et que la souffrance rend méchants.

C. PELLETIER — *Intimités et autres nouvelles*

Quatre nouvelles très noires dans lesquelles le quotidien d'héroïnes ordinaires bascule soudain dans le cauchemar.

L. DE VINCI — *Prophéties* précédé de *Philosophie* et *Aphorismes*

Avec un grand mépris des superstitions et de la crédulité des hommes, Léonard de Vinci, au gré des pages, livre ses pensées, une sagesse pratique et sa vision très personnelle du monde.

Dans la même collection

R. AKUTAGAWA — *Rashômon et autres contes* (Folio n° 3931)

M. AMIS — *L'état de l'Angleterre* précédé de *Nouvelle carrière* (Folio n° 3865)

H. C. ANDERSEN — *L'elfe de la rose et autres contes du jardin* (Folio n° 4192)

ANONYME — *Le poisson de jade et l'épingle au phénix* (Folio n° 3961)

ANONYME — *Saga de Gísli Súrsson* (Folio n° 4098)

G. APOLLINAIRE — *Les Exploits d'un jeune don Juan* (Folio n° 3757)

ARAGON — *Le collaborateur et autres nouvelles* (Folio n° 3618)

I. ASIMOV — *Mortelle est la nuit* précédé de *Chante-cloche* (Folio n° 4039)

H. DE BALZAC — *L'Auberge rouge* (Folio n° 4106)

T. BENACQUISTA — *La boîte noire et autres nouvelles* (Folio n° 3619)

K. BLIXEN — *L'éternelle histoire* (Folio n° 3692)

M. BOULGAKOV — *Endiablade* (Folio n° 3962)

R. BRADBURY — *Meurtres en douceur et autres nouvelles* (Folio n° 4143)

L. BROWN — *92 jours* (Folio n° 3866)

S. BRUSSOLO — *Trajets et itinéraires de l'oubli* (Folio n° 3786)

J. M. CAIN	*Faux en écritures* (Folio n° 3787)
A. CAMUS	*Jonas ou l'artiste au travail* suivi de *La pierre qui pousse* (Folio n° 3788)
T. CAPOTE	*Cercueils sur mesure* (Folio n° 3621)
T. CAPOTE	*Monsieur Maléfique et autres nouvelles* (Folio n° 4099)
A. CARPENTIER	*Les Élus et autres nouvelles* (Folio n° 3963)
C. CASTANEDA	*Stopper-le-monde* (Folio n° 4144)
R. CHANDLER	*Un mordu* (Folio n° 3926)
E. M. CIORAN	*Ébauches de vertige* (Folio n° 4100)
COLLECTIF	*Au bonheur de lire* (Folio n° 4040)
COLLECTIF	*Des mots à la bouche* (Folio n° 3927)
COLLECTIF	*« Il pleut des étoiles »* (Folio n° 3864)
COLLECTIF	*« Leurs yeux se rencontrèrent... »* (Folio n° 3785)
COLLECTIF	*« Ma chère Maman... »* (Folio n° 3701)
COLLECTIF	*« Mourir pour toi »* (Folio n° 4191)
COLLECTIF	*« Parce que c'était lui ; parce que c'était moi »* (Folio n° 4097)
COLLECTIF	*Un ange passe* (Folio n° 3964)
CONFUCIUS	*Les Entretiens* (Folio n° 4145)
J. CONRAD	*Jeunesse* (Folio n° 3743)
J. CORTAZAR	*L'homme à l'affût* (Folio n° 3693)
D. DAENINCKX	*Ceinture rouge* précédé de *Corvée de bois* (Folio n° 4146)
D. DAENINCKX	*Leurre de vérité et autres nouvelles* (Folio n° 3632)
R. DAHL	*L'invité* (Folio n° 3694)
	Gelée royale précédé de *William et Mary* (Folio n° 4041)
S. DALI	*Les moustaches radar (1955-1960)* (Folio n° 4101)

M. DÉON	*Une affiche bleue et blanche et autres nouvelles* (Folio n° 3754)
D. DIDEROT	*Lettre sur les aveugles à l'usage de ceux qui voient* (Folio n° 4042)
R. DUBILLARD	*Confession d'un fumeur de tabac français* (Folio n° 3965)
S. ENDO	*Le dernier souper et autres nouvelles* (Folio n° 3867)
ÉPICTÈTE	*De la liberté* précédé de *De la profession de Cynique* (Folio n° 4193)
W. FAULKNER	*Le Caïd et autres nouvelles* (Folio n° 4147)
W. FAULKNER	*Une rose pour Emily et autres nouvelles* (Folio n° 3758)
F. S. FITZGERALD	*La Sorcière rousse* précédé de *La coupe de cristal taillé* (Folio n° 3622)
C. FUENTES	*Apollon et les putains* (Folio n° 3928)
GANDHI	*La voie de la non-violence* (Folio n° 4148)
R. GARY	*Une page d'histoire et autres nouvelles* (Folio n° 3753)
J. GIONO	*Arcadie... Arcadie* précédé de *La pierre* (Folio n° 3623)
W. GOMBROWICZ	*Le festin chez la comtesse Fritouille et autres nouvelles* (Folio n° 3789)
H. GUIBERT	*La chair fraîche et autres textes* (Folio n° 3755)
E. HEMINGWAY	*L'étrange contrée* (Folio n° 3790)
E. HEMINGWAY	*Histoire naturelle des morts et autres nouvelles* (Folio n° 4194)
C. HIMES	*Le fantôme de Rufus Jones et autres nouvelles* (Folio n° 4102)
E. T. A. HOFFMANN	*Le Vase d'or* (Folio n° 3791)
P. ISTRATI	*Mes départs* (Folio n° 4195)
H. JAMES	*Daisy Miller* (Folio n° 3624)

T. JONQUET	*La folle aventure des Bleus...* suivi de *DRH* (Folio n° 3966)
F. KAFKA	*Lettre au père* (Folio n° 3625)
J. KEROUAC	*Le vagabond américain en voie de disparition* précédé de *Grand voyage en Europe* (Folio n° 3694)
J. KESSEL	*Makhno et sa juive* (Folio n° 3626)
R. KIPLING	*La marque de la Bête et autres nouvelles* (Folio n° 3753)
LAO SHE	*Histoire de ma vie* (Folio n° 3627)
LAO-TSEU	*Tao-tö king* (Folio n° 3696)
J. M. G. LE CLÉZIO	*Peuple du ciel* suivi de *Les bergers* (Folio n° 3792)
H. P. LOVECRAFT	*La peur qui rôde et autres nouvelles* (Folio n° 4196)
P. MAGNAN	*L'arbre* (Folio n° 3697)
G. DE MAUPASSANT	*Le Verrou et autres contes grivois* (Folio n° 4149)
I. McEWAN	*Psychopolis et autres nouvelles* (Folio n° 3628)
H. MILLER	*Plongée dans la vie nocturne...* précédé de *La boutique du Tailleur* (Folio n° 3929)
S. MINOT	*Une vie passionnante et autres nouvelles* (Folio n° 3967)
Y. MISHIMA	*Dojoji et autres nouvelles* (Folio n° 3629)
Y. MISHIMA	*Martyre* précédé de *Ken* (Folio n° 4043)
M. DE MONTAIGNE	*De la vanité* (Folio n° 3793)
E. MORANTE	*Donna Amalia et autres nouvelles* (Folio n° 4044)
V. NABOKOV	*Un coup d'aile* suivi de *La Vénitienne* (Folio n° 3930)
P. NERUDA	*La solitude lumineuse* (Folio n° 4103)
K. OÉ	*Gibier d'élevage* (Folio n° 3752)

L. OULITSKAÏA	*La maison de Lialia et autres nouvelles* (Folio n° 4045)
C. PAVESE	*Terre d'exil et autres nouvelles* (Folio n° 3868)
L. PIRANDELLO	*Première nuit et autres nouvelles* (Folio n° 3794)
E. A. POE	*Aventure sans pareille d'un certain Hans Pfaall* (Folio n° 3862)
R. RENDELL	*L'Arbousier* (Folio n° 3620)
P. ROTH	*L'habit ne fait pas le moine* précédé de *Défenseur de la foi* (Folio n° 3630)
D. A. F. DE SADE	*Ernestine. Nouvelle suédoise* (Folio n° 3698)
D. A. F. DE SADE	*La Philosophie dans le boudoir* (Les quatre premiers dialogues) (Folio n° 4150)
A. DE SAINT-EXUPERY	*Lettre à un otage* (Folio n° 4104)
J.-P. SARTRE	*L'enfance d'un chef* (Folio n° 3932)
B. SCHLINK	*La circoncision* (Folio n° 3869)
L. SCIASCIA	*Mort de l'Inquisiteur* (Folio n° 3631)
SÉNÈQUE	*De la constance du sage* suivi de *De la tranquillité de l'âme* (Folio n° 3933)
G. SIMENON	*L'énigme de la* Marie-Galante (Folio n° 3863)
D. SIMMONS	*Les Fosses d'Iverson* (Folio n° 3968)
I. B. SINGER	*La destruction de Kreshev* (Folio n° 3871)
P. SOLLERS	*Liberté du XVIII*[e] (Folio n° 3756)
STENDHAL	*Féder ou Le Mari d'argent* (Folio n° 4137)
R. L. STEVENSON	*Le Club du suicide* (Folio n° 3934)
I. SVEVO	*L'assassinat de la Via Belpoggio et autres nouvelles* (Folio n° 4151)

R. TAGORE	*La petite mariée* suivi de *Nuage et soleil* (Folio n° 4046)
J. TANIZAKI	*Le coupeur de roseaux* (Folio n° 3969)
J. TANIZAKI	*Le meurtre d'O-Tsuya* (Folio n° 4198)
A. TCHEKHOV	*Une banale histoire* (Folio n° 4105)
L. TOLSTOÏ	*Le réveillon du jeune tsar et autres contes* (Folio n° 4199)
I. TOURGUÉNIEV	*Clara Militch* (Folio n° 4047)
M. TOURNIER	*Lieux dits* (Folio n° 3699)
M. VARGAS LLOSA	*Les chiots* (Folio n° 3760)
P. VERLAINE	*Chansons pour elle et autres poèmes érotiques* (Folio n° 3700)
VOLTAIRE	*Traité sur la Tolérance* (Folio n° 3870)
H. G. WELLS	*Un rêve d'Armageddon* précédé de *La porte dans le mur* (Folio n° 4048)
E. WHARTON	*Les lettres* (Folio n° 3935)
O. WILDE	*La Ballade de la geôle de Reading* précédé de *Poèmes* (Folio n° 4200)
R. WRIGHT	*L'homme qui vivait sous terre* (Folio n° 3970)

Composition Bussière.
Impression Novoprint
à Barcelone, le 4 septembre 2005.
Dépôt légal : septembre 2005.
ISBN 2-07-030939-8./Imprimé en Espagne.

137155